Bianca

SOLO POR SU HIJA

TARA PAMMI

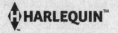 HARLEQUIN™

Editado por Harlequin Ibérica.
Una división de HarperCollins Ibérica, S.A.
Núñez de Balboa, 56
28001 Madrid

© 2016 Tara Pammi
© 2017 Harlequin Ibérica, una división de HarperCollins Ibérica, S.A.
Solo por su hija, n.º 2563 - 9.8.17
Título original: The Surprise Conti Child
Publicada originalmente por Mills & Boon®, Ltd., Londres.

I.S.B.N.: 978-84-687-9958-2
Depósito legal: M-15499-2017
Impresión en CPI (Barcelona)
Fecha impresion para Argentina: 5.2.18
Distribuidor exclusivo para España: LOGISTA
Distribuidores para México: CODIPLYRSA y Despacho Flores
Distribuidores para Argentina: Interior, DGP, S.A. Alvarado 2118.
Cap. Fed./Buenos Aires y Gran Buenos Aires, VACCARO HNOS.

Prólogo

LEANDRO Conti.

Oyó el nombre en labios de la sudorosa multitud y Alexis Sharpe se quedó inmóvil en la pista de baile. Estaba en una exclusiva discoteca de Milán a la que solo le habían dejado entrar gracias a su nueva amiga, Valentina Conti.

Se habían hecho amigas nada más conocerse. Alexis estaba recorriendo Italia con una mochila y se parecía a Tina, que era rica y vivaracha, lo mismo que Milán a Brooklyn. No obstante, Alex no se había podido resistir al generoso corazón de Tina y las diferencias entre ambas no le habían molestado lo más mínimo hasta que había conocido a su hermano mayor.

Leandro Conti... Director general de Conti Luxury Goods.

Un magnate muy guapo y sofisticado.

Era un hombre de aspecto pensativo, imponente, que observaba a los demás como si se tratase casi de un dios, como si viviese en otro mundo.

Aquella era la sensación que le había dado a Alexis, que tenía veinte años y venía de Brooklyn.

No era nada habitual que Leandro acudiese a una discoteca y, de repente, todas las chicas de la fiesta se atusaron el pelo y se alisaron los ajustados vestidos.

Tenían la esperanza de captar su atención, se dio cuenta Alexis, sintiéndose derrotada de antemano.

No obstante, se atrevió a mirar.

La pista central, que era de cristal y tenía agua debajo, y el juego de luces hacían que el espacio pareciese enorme. No obstante, la elegancia del lugar se marchitó ante la presencia de un hombre tan sumamente impresionante.

Alex volvió a sentir aquel cosquilleo en el estómago.

Vestido con una camisa negra y pantalones vaqueros oscuros, Leandro se detuvo al borde de la pista y la recorrió con su fría mirada gris.

Alexis deseó que la viese y que se fijase en ella como mujer. Era la primera vez que le ocurría.

Sabía que no tenía ningún talento especial, que pasaba desapercibida, incluso para sus padres. Se había escapado de vacaciones a Milán después de que volviesen a rechazar su candidatura para trabajar en otra importante empresa de Manhattan. Se había dado cuenta de que, al contrario que algunas de sus amigas, no iba a poder tener una gran carrera profesional, que lo único que le depararía el futuro sería un trabajo insignificante en la empresa de comida sana de su padre.

—¿Vas a pasarte el verano en Italia porque te han rechazado en otro puesto de trabajo? —le había recriminado su madre—. Ahora resulta que recompensamos los fracasos, ¿no?

Como si no hubiese esperado otra cosa de ella.

No obstante, Alex había necesitado aquellas vacaciones, rebelarse un poco contra su mediocridad.

Al ver a Leandro Conti se sentía libre y osada, tenía la necesidad de destacar por una vez.

Como dos semanas antes, cuando este había llegado a cenar a aquella terraza con vistas al lago acompañado de Valentina, su hermano, Luca, y unos amigos.

Se había levantado una ligera brisa y Valentina se había bebido unas cuantas margaritas mientras que ella solo había dado un sorbo a su cóctel.

Leandro se había sentado a su lado y, clavando la mirada gris en ella, le había preguntado:

—¿A pesar de tener que reprender a Tina porque se comporta como un bebé...? —le había preguntado él, imitando su tono de voz—. ¿Está disfrutando del viaje, señorita Sharpe?

Alex se maldijo por haber perdido la paciencia con Tina dos semanas antes.

El acento de Leandro le había puesto la piel de gallina.

Solo el hecho de que se hubiese sentado a su lado la había dejado sin habla y él la había recorrido con la mirada: la coleta mal hecha, la frente, la nariz y, por un instante, la boca.

Todo había durado unos cinco segundos, pero para Alex había sido como una caricia.

Había sentido calor en las mejillas y había apretado los dientes.

—Alex, me llamo Alex. ¿Por qué no me llamas por mi nombre?

Leandro la había saludado de manera muy educada y Valentina le había advertido a Alex que era mejor que no se fijase en su hermano mayor.

Pero la advertencia solo había servido para que ella se sintiese todavía más atraída por él.

–¿Por qué te haces llamar por un nombre de hombre? –le había preguntado él, para después seguir bajando la mirada por su camiseta desgastada, sus largas piernas y sus zapatillas favoritas.

Valentina y sus amigas habían ido vestidas de manera muy elegante y Alex, por primera vez en su vida, había deseado haberse arreglado también.

–¿Piensas que así consigues ocultar todo lo que eres? –le había vuelto a preguntar Leandro en voz baja.

Aquello la había sorprendido.

Había hecho que mirase en su interior y se preguntase si se había vestido así para menospreciarse a sí misma, para rendirse sola antes de que alguien la volviese a rechazar.

–No sé de qué me estás hablando –le había respondido, atreviéndose a mirarlo fijamente a los ojos, sin saber de dónde había sacado el valor.

Leandro estaba sentado a una distancia perfectamente respetable, pero a Alex le llegaba su calor.

–Acepta un consejo del hermano de tu amiga, señorita Sharpe. Deja de mirar así a los hombres. Salvo que seas consciente de cuáles son tus armas.

Después de aquello se había marchado sin mirar atrás.

Y Alex se había quedado allí, sintiéndose humillada, avergonzada, enfadada. Y entonces se había dado cuenta de que Leandro lo sabía.

Sabía que se sentía atraída por él.

Y él la había rechazado. Era evidente.

Pero ella no había sido capaz de responderle. Su cerebro había dejado de funcionar.

Como en ese preciso instante.

Tenía a Leandro muy cerca y se sentía atraída por él como si de un agujero negro se tratase.

«Ya te ha dejado bastante en ridículo», le dijo una vocecilla en su interior.

Alex se obligó a darse la media vuelta para alejarse de él.

No necesitaba que un italiano arrogante le estropease las vacaciones ni que le hiciese sentir que no estaba a la altura.

Ya tenía que lidiar con esa sensación todos los días.

Se suponía que había hecho aquel viaje para escapar, para ser otra persona que no fuese la Alexis que fracasaba en todo, la Alexis que no era más que la sombra de lo que el genio de su hermano Adrian había sido. Para vivir un poco antes de volver a ser una decepción para sus padres.

Ansiosa por alejarse, tropezó con los tacones, pero un brazo fuerte la agarró por la cintura.

–*Grazie mille* –consiguió decir, casi sin aliento.

–Si casi no te tienes de pie con esos tacones. Que Valentina te haya regalado esos Conti no significa que tengas que ponértelos.

Alex giró la cabeza al oír aquella voz.

Leandro Conti la estaba mirando fijamente, con el ceño fruncido.

–¿Insinúas que no soy lo suficientemente buena para llevar tus maravillosos zapatos?

–No lo insinúo.

–Eres un imbécil, señor Conti.

Él bajó la vista por su cuello y Alexis dejó de respirar dentro de aquel vestido tan ajustado que le había prestado Valentina.

–Y tú estás jugando a ser una mujer, pero con muy poco éxito, debo añadir.

–Pues tres hombres han querido llevarme a su casa esta noche –replicó ella, dolida–, así que guárdate tus opiniones...

Él la agarró con más fuerza por la cintura, pero sin hacerle daño.

–No pensé que tuvieses un objetivo tan bajo. ¿Acaso no te ha advertido mi hermano, que es un genio de la moda, que los vaqueros y las zapatillas rosa neón encajan a la perfección con tu imagen de chica estadounidense normal y corriente? Es el señuelo perfecto.

Su actitud la puso furiosa, pero Alexis no pudo evitar decirse que Leandro se acordaba de sus zapatillas rosas.

–De todos los defectos que te he atribuido, ser un esnob no era uno de ellos.

–Entonces, ¿cuáles son?

–La arrogancia, el cinismo. Y tener menos sentimientos que una piedra.

Él la soltó. Fue casi como si la hubiese apartado, como si se hubiese sentido dolido por sus palabras.

Alex se tambaleó otra vez sobre los tacones. Le dolía el tobillo.

Y él volvió a sujetarla mientras murmuraba algo en italiano.

–No deberías haber bebido, teniendo en cuenta que estás entre extraños, en un país extranjero.

Aquel tipo la ponía furiosa, y la hacía sentirse desesperada.

–Solo he tomado... una copa de vino, pero, como casi no he comido, se me ha debido de subir a la cabeza. Aunque no tengo por qué darte explicaciones. Retrocede.

Él arqueó una ceja con arrogancia.

–¿Que retroceda? –repitió, como si no la entendiese.

–Que me dejes en paz. No eres mi guardián, ni nada parecido.

–¿Tienes un guardián en casa? Porque, de ser así, no me parece que esté haciendo un buen trabajo.

–¿Acaso estamos en el siglo XVI? –replicó ella.

A Leandro le brillaron los ojos grises. Sus labios se relajaron un poco.

–Yo diría que no eres una pobre niña vagabunda, ¿no?

Alexis rio con nerviosismo. Aquel hombre olía demasiado bien.

–¿No sabes hablar sin insultar?

–No vas a escuchar de mí palabras amables, señorita Sharpe. Tienes poco más de dieciocho años y estás en un país extranjero, rodeada de extraños. Te falta el cartel de «Hazme tuya» en el cuello. Yo jamás permitiría que Valentina...

–Tengo veinte años y no soy Valentina –espetó ella entre dientes.

Había estado dispuesta a morir antes de admitir que, desde la primera noche que Valentina la había llevado a Conti Villa, solo había podido pensar en él. Que había sido su mirada de desprecio la que la había hecho ponerse el vestido de Valentina.

Que era su atención, su mirada, lo que había querido conseguir desde el primer día. Que la atormentaba la idea de marcharse, de volver a su aburrida vida sin haber probado sus besos, sus caricias.

–Y Valentina y Luca son mis amigos, aunque...

–Si consideras a mi hermano un amigo, si confundes sus intenciones –respondió Leandro–, es que todavía eres más tonta de lo que yo pensaba. Jamás debí permitir que Valentina te trajese a casa.

–Mi presencia te resulta tan insoportable que por eso no vas por allí, ¿verdad?

Él no negó.

–Luca y yo... nos entendemos a la perfección –añadió ella.

Aunque sabía que Leandro tenía razón.

Un día después de que Alexis hubiese llegado a su casa, Luca la había arrinconado dos veces, la había besado. Le había dejado claro que quería más. Alex había tenido la sensación de que Luca habría hecho lo mismo con cualquier otra que se lo hubiese permitido, y que se habría olvidado de ella al día siguiente.

Y ella no había sentido la más mínima tentación. Aunque sí tenía que admitir que Luca era un chico muy atractivo.

Pero era el hombre que tenía delante el que hacía que se sintiese desnuda y acalorada. A pesar de su distancia, hacía que Alexis tuviese la sensación de que la veía, que veía a la Alexis que quería reducir a un solo verano toda una vida de aventuras.

El motivo, no tenía ni idea.

—Entonces, ¿ya te has acostado con él?

Si hubiese sido una persona violenta, Alex le habría dado una bofetada, pero en su lugar apartó su mano y lo miró con desprecio.

—¿A eso te dedicas? ¿A seguir a las mujeres con las que está Luca y a hacerlas callar con tu dinero?

—No pretendía ofenderte —dijo él.

—¿Y cuál era entonces su intención?

—No conoces a Luca como yo. Y eres....

—¿Qué soy, señor Conti? ¿La típica mujerzuela estadounidense? ¿Una chica fácil? ¿Lo suficientemente débil como para insultarme sin saber absolutamente nada de mí?

El gesto de sus labios fue casi de arrepentimiento. Entonces la miró con dureza otra vez.

—Luca es imbécil... no es tu tipo.

Ella arqueó una ceja.

—¿Y cuál es mi tipo?

Él suspiró y Alex se sintió satisfecha.

—¿Quieres vengarte?

—Desde que llegué, me has mirado como si no fuese más que la porquería que pisas con esos zapatos italianos. Así que, sí, quiero vengarme.

Leandro esbozó una sonrisa y ella sintió que le ardía la sangre en las venas.

—Eres una mujer joven, vital, y tienes una fuerza muy distinta a la de Valentina, pero tus ojos... te traicionan, dejan ver tu inocencia y vulnerabilidad. Posees una naturalidad que resulta peligrosamente atractiva. Para Luca, que lo ha probado casi todo, eres como un sorbo de agua fresca. Eso es suficiente para despertar el instinto de un hombre y hacer que piense, aunque tal vez se equivoque, que necesitas protección.

Alex se quedó sin palabras.

—¿Por qué has dicho que tal vez se equivoque? —balbució.

—Porque estoy empezando a darme cuenta de que tal vez parezcas inocente y vulnerable, pero no débil.

—Si es una disculpa, es la más enrevesada que he oído jamás.

Pasaron por su lado dos mujeres, una vestida de cuero negro y la otra con un vestido de cóctel blanco, y empujaron a Alexis hacia él mientras murmuraban algo acerca de ella.

Leandro Conti no solía salir de noche, ni pasearse en público, todo lo contrario que Luca.

Ni la había encontrado allí por casualidad. Valentina ya se había marchado.

Lo que significaba que había ido a...

—¿Qué haces aquí? —le preguntó—. No te gusta casi ni tener compañía, así que las multitudes, mucho menos.

—¿Me has estado observando?

Alex se ruborizó, pero tuvo que admitir que era la primera vez que alguien la fascinaba tanto.

Él la agarró del codo.

—Mi abuelo está convencido de que eres una cazafortunas que quieres atrapar a Luca. Me han ordenado que me interponga en tu objetivo.

Alexis se quedó boquiabierta. Le costó creer aquello, pero después se sintió furiosa.

—Vete al infierno —espetó, zafándose.

Sintió que los ojos se le llenaban de lágrimas, pero las contuvo. Aquel cerdo arrogante no merecía que derramase ni una sola lágrima.

Avanzó sin saber adónde iba y salió a un pasillo en el que había tres puertas sin ningún cartel.

Juró entre dientes, se dio la media vuelta y chocó contra el hombre al que no quería volver a ver.

¿Por qué la seguía?

—Te he dicho que te vayas a...

Él la agarró por la muñeca, pasó una tarjeta por una de las puertas e hizo entrar a Alexis.

—Estás montando una escena.

La puerta se cerró tras de ellos y el golpe hizo que Alex se sobresaltase, pero no fue capaz de articular palabra.

Estaban en una sala VIP, cuyas paredes de cristal daban a la pista de baile y al bar de los dos pisos que tenía la discoteca.

En el extremo contrario había dos sofás y un frigorífico, y en otra de las paredes una pantalla de plasma que estaba apagada.

—No deberíamos estar aquí —dijo, dándose la media vuelta—. Este lugar...

—La discoteca es mía, señorita Sharpe.

Ella se echó a reír. Tenía una casa en el lago Como, una discoteca en Milán y una colección de artículos de lujo que volvía locas a todas las famosas.

—Cómo no. ¿Tus hombres me han estado observando desde aquí todo el tiempo?

–Valentina siempre lleva protección –admitió él.

–Y, de paso, les ha pedido que vigilen también a la mujerzuela estadounidense, ¿no?

–Para protegerte.

–¿Y quién me protege de ti?

Aquello pareció sorprenderlo, pero Alexis estaba demasiado furiosa para preguntarse el motivo.

–¿Qué pretendes? ¿Encerrarme aquí? ¿Meterme en uno de tus aviones y mandarme de vuelta a casa?

No iba a permitir algo así.

–Tu hermano es muy rápido, ¿sabes? ¿Y si ya ha caído en mis redes? ¿Y si Luca y yo ya hubiésemos...?

–¡Basta! –murmuró él, tapándola la boca con una mano mientras con la otra la atrapaba contra la pared.

Después enterró los dedos en su cadera y hubo algo en su mirada que hizo que Alexis pensase que no era inmune a ella. Y eso le dio el coraje necesario para inquirir:

–¿Tú puedes pensarlo, pero yo no puedo decirlo, Leandro? Al menos con Luca me lo pasaría bien y no me insultaría.

–¿Sabes lo que estás provocando? ¿Estás preparada para ello?

Alex pensó que ya no podía dar marcha atrás.

–Me da igual que seas muy rico...

Él la agarró de la mano, se la apretó suavemente.

–No estoy de acuerdo con mi abuelo, *bella*.

–¿No?

–No.

–Entonces, ¿por qué has venido esta noche?

Se hizo un tenso silencio antes de que respondiese.

–Luca me ha dicho que había recogido a Tina borracha y que no te había podido localizar a ti. Y no me gustaba la idea de que estuvieses tú sola por la noche.

–Podrías haberle pedido a alguien de tu equipo de seguridad que me buscase, no tenías por qué venir tú... Podrías...

–Eso que esperas no va a ocurrir jamás, Alexis.

–Me has llamado Alexis –dijo ella sin más.

Él inclinó la cabeza, le acarició la barbilla.

Estaba sorprendido consigo mismo por haber dicho su nombre. Apartó la mano.

–Vamos, te tienes que marchar.

Fue como si le hubiese dado con la puerta en las narices.

No se refería a la discoteca ni a Milán, sino a Italia. Le estaba diciendo que se tenía que marchar de Italia. Alexis sintió pánico, se le aceleró el corazón. Aquellos días...

–Me deseas –lo acusó–. Quieres que piense que solo lo siento yo, que soy torpe y estoy equivocada.

Él la agarró por las muñecas con brusquedad. La inmovilizó contra su cuerpo.

–Esto es un error.

Ella se zafó y apretó su cuerpo contra el de él.

Leandro dejó escapar un gemido. Ella pasó las manos por su pecho y echó la cabeza hacia atrás. Y él puso gesto de estar agonizando.

Alexis decidió no dejarlo ganar. Enterró los labios en la apertura de su camisa y lo besó en el pecho.

–Bésame, solo una vez. Demuéstrame lo que sientes, solo una vez.

Él enterró los dedos en el pelo y Alex se estremeció y entendió por fin la intensidad del deseo que Leandro ocultaba.

–No sabes con quién estás jugando –le advirtió él.

–¿Soy inferior a ti?

Él negó con la cabeza, todavía serio.

–Eres demasiado joven.

–Soy lo suficientemente mayor para saber lo que quiero.

Sacó la lengua y lo probó. Él la abrazó, la apretó contra su cuerpo, dejándola sin respiración.

–¿Piensas que pararía con un beso? ¿Piensas que puedes jugar con mi deseo y marcharte como si no hubiese pasado nada?

–Yo no tengo miedo, Leandro –le respondió.

Él dijo algo en italiano. Alex apretó la parte baja del cuerpo contra el suyo y se estremeció al notar en el vientre la erección.

Leandro la agarró con fuerza por las caderas.

–No voy a quedarme con las sobras de mi hermano.

–Solo me ha dado un beso. Luca no me interesa.

–Eres la primera mujer del mundo que dice algo así –admitió Leandro, agarrándola por las muñecas–. Por eso le gustas tanto.

Alexis tenía el corazón a punto de salírsele del pecho, pero aun así se arriesgó. Se arriesgó porque se sentía más segura y deseada que en toda su vida.

–¿Y tú?

–Yo, Alexis, te miro y... solo siento deseo.

Incluso entonces fue ella la que levantó el rostro,

se puso de puntillas y tocó los labios de Leandro con los suyos. Ella, que no tenía ninguna experiencia, fue la que lo abrazó por el cuello y se negó a dejarlo marchar.

Los labios de Leandro, calientes y duros al mismo tiempo, fueron el pasaporte hacia el cielo y el infierno. Alexis se dejó llevar por el instinto y pasó la punta de la lengua por su labio inferior.

Él gimió y se rindió por fin, besándola.

Un juego de luces explotó ante sus ojos, como si el mundo fuese un caleidoscopio de sensaciones y texturas.

Masculino y exigente, Leandro la devoró y ella sintió que se derretía por dentro.

No intentó jugar ni seducirla con aquel beso. Fue un beso directo, un asalto sensual que no dejaba ningún lugar a dudas acerca de cuál era su intención.

La acarició por todas partes: los pechos, los pezones endurecidos, las caderas, la curva del trasero, antes de levantarle el vestido.

Hundió los dedos en sus caderas y la apretó contra su erección.

Alexis, que no podía estar más excitada, no podía desearlo más, gimió.

Y entonces él la acarició entre los muslos y le susurró al oído lo que le iba a hacer. Y Alex enterró los labios en su cuello y se dejó llevar.

Se dejó llevar por el hombre, por el momento, por la increíble sensación de saberse deseada.

Capítulo 1

SIETE años después.

—¿Todavía te duele el brazo, mamá?

Alex arropó a Isabella y le dio un beso en la frente.

—Un poco, cariño —respondió, optando por decirle la verdad.

Solo tenía seis años, pero Izzie siempre se daba cuenta si Alex la mentía. O tal vez fuese que Alex jamás había sabido enfrentarse a su penetrante mirada gris.

—Pero en un par de semanas más me quitarán la escayola y tía Jessie ha dicho que el brazo se está curando bien.

Los dedos pequeños y regordetes de su hija trazaron la línea de la cicatriz que le atravesaba la sien izquierda hasta llegar al ojo. La herida era mucho más superficial que la rotura del brazo y la costilla, pero tenía peor aspecto.

—Me da miedo, mamá —susurró Izzie.

Alex sintió ganas de llorar, pero las contuvo.

—Siempre has sido una niña muy valiente.

—Lo sé, pero cuando estabas en el hospital y yo aquí, sola, la abuela no me decía cuándo ibas a volver a casa —añadió la niña con labios temblorosos.

Alex se tumbó en la pequeña cama y la abrazó.

–Da miedo, pero no duele. Estoy bien, cariño.

Izzie asintió y ella la abrazó con más fuerza hasta que sintió que su pequeño cuerpo se relajaba.

Aunque ella tampoco había perdido el miedo y recordaba cómo había chocado contra su coche aquel camión, destrozándolo completamente. El médico le había dicho que era un milagro que estuviese viva, y que no hubiese sufrido ninguna secuela más.

Pero Alex no podía dejar de pensar que podía haber perdido la vida.

Y que Izzie se habría quedado...

Enterró el rostro en el pelo de su hija y respiró hondo. Era un olor que conseguía tranquilizarla siempre, aunque Alex supiese que volvería a sentir miedo después.

Se dijo que no podía seguir así.

Necesitaba controlar el miedo, tenía que hacerlo por Izzie. Tenía que hacer algo para dejar de quedarse así, paralizada de repente. Necesitaba saber que su niña estaría bien, independientemente de lo que a ella le deparase el futuro.

Y entonces pensó en él.

En el hombre moreno, de ojos grises y pelo liso y grueso, como los de Izzie. Alex tenía el pelo rizado y de un rubio rojizo. En el hombre que se había negado a volver a verla. O a hablar con ella. O a responder al teléfono siete años antes.

Había pensado en él incluso justo antes de perder la consciencia. En cómo le había hecho el amor aquella noche.

Un recuerdo llevó a otro...

Y Alex recordó el desprecio con el que la había mirado después. Cómo se había apartado de ella inmediatamente, sin volver a mirarla a los ojos, y la había llevado de vuelta a su hotel.

En el tono con el que le había dicho que no quería volver a verla jamás...

Pero en esos momentos, después de haber estado a punto de morir, Alex decidió que tenía que enfrentarse a él y a su desprecio.

Había decepcionado a sus padres y se había decepcionado a sí misma, pero no podía fallarle a Izzie.

La niña merecía seguridad y ella necesitaba recuperar su vida. Necesitaba saber que alguien cuidaría de Izzie si le ocurría algo.

Le picó todo el cuerpo solo de pensar en volver a ver a Leandro Conti, pero estaba dispuesta a hacer cualquier cosa por su hija.

—Uno de los dos se casará con la hija de los Rossi.

«¡*Impossibile!*» pensó Leandro Conti ante el ultimátum de su abuelo.

—¿Con Sophia Rossi? —preguntó Luca sorprendido.

—Sí.

Leandro estudió con interés el frágil cuerpo de su abuelo Antonio, que estaba sentado detrás del brillante escritorio de caoba, decidido a intimidar a sus nietos. Luca, por su parte, estaba apoyado en la librería, relajado, con aquella actitud desenfadada que tanto molestaba a Antonio.

Leandro lanzó a su hermano una mirada de advertencia. Antonio todavía no se había recuperado completamente del último infarto, que había sufrido un mes antes.

Luca y su abuelo se habrían matado el uno al otro a esas alturas de no haber sido por él, pero Leandro estaba empezando a cansarse de mediar entre ambos.

Había empezado a hacerlo con catorce años, pero ya tenía treinta y cinco y todo seguía igual.

–Eres demasiado viejo para organizarnos las alianzas, *nonno* –dijo Leandro por fin–. Yo no voy a volverme a casar y... Ordenarme que me case con una mujer es condenar a esa pobre mujer, aunque sea una mujer tan dura como Sophia Rossi.

A Antonio le brillaron los ojos.

–Solo hay que decidir cuál de los dos se va a casar con ella.

–Y, si no, ¿qué, *nonno*? –inquirió Luca–. ¿Nos desheredarás a los dos?

Luca sabía que eso no era posible. Él era un genio de la creatividad y Leandro, un exitoso hombre de negocios, y ambos habían conseguido en la última década hacer que Conti Luxury Goods se convirtiese en una de las principales marcas de diseño de Italia y, desde hacía tres años, en todo el mundo.

–Le contaré a vuestra hermana que no es una Conti, que es producto de la vergonzosa relación de vuestra madre con su conductor. Desheredaré a Valentina públicamente.

Luca juró, furioso.

Sabía que Antonio era capaz de hacer cualquier cosa por el negocio familiar, y teniendo en cuenta que su padre había sido un hombre despiadado, irresponsable y muy egoísta, él siempre había entendido a su abuelo.

Pero aquello era ir demasiado lejos.

Tanto Leandro como Luca habían protegido siempre a Valentina.

Él intentó tragarse la ira y decir en tono casi benévolo.

—El infarto te ha vuelto irascible, *nonno*.

—No vas a convencerme, Leandro. Os permití traer a Valentina aquí... Incluso la acepté como si fuese de mi sangre, pero no pienso que...

—Quieres a Valentina, estoy seguro –rugió Luca–. Y pensé que eras mejor persona que nuestro padre.

Antonio se mostró sorprendido. Al parecer, no soportaba que lo comparasen con su hijo Enzo.

—Acepté a Valentina porque fue el precio que me puso Leandro a cambio de permitir que yo lo formase para dirigir el imperio de los Conti.

Luca miró a su hermano con incredulidad.

—¿Por eso has dejado siempre que maneje tu vida?

Leandro se encogió de hombros.

—No ha sido un sacrificio, Luca. Le quité a nuestro padre las riendas de la empresa, lo eché de la junta directiva y me casé con Rosa porque quise. El hecho de proteger al mismo tiempo la inocencia de Valentina fue un plus.

Miró a su abuelo y dejó que este lo viese enfadado por primera vez.

–Luca y yo hemos colocado Conti en el mapa mundial, algo con lo que tú ni habías soñado. ¿Qué más quieres?

–Quiero un heredero para mi dinastía. Enzo fue un fracaso como hijo, como marido y como padre, pero al menos me dio herederos. El traidor de Salvatore guardará silencio si uno de los dos os casáis con su hija. Será matar dos pájaros de un tiro.

Leandro negó con la cabeza.

–No es la manera...

–No tengo elección –lo interrumpió su abuelo–. No queréis casaros y cambiáis de mujer como de camisa. No me queda mucha vida, Leandro, y no puedo arriesgarme a que Luca y tú seáis los últimos Conti.

Sonó el teléfono que había encima del escritorio y Antonio lo descolgó.

Frustrado, Leandro se giró hacia Luca. Ambos sabían de lo que era capaz su abuelo.

–Luca...

–Leandro, tú ya...

Antonio colgó el teléfono con un golpe.

–Al parecer, no hace falta que elijáis vosotros.

–¿Qué quieres decir? –preguntó Luca.

–Que la hija de Salvatore Rossi solo está dispuesta a casarse con Leandro. Al parecer, es lo suficientemente lista como para rechazar a Luca.

La mirada negra de este último, muy parecida la de su padre, brilló al posarse en Leandro y este tuvo la sensación de que su hermano sentía algo más que alivio.

–Una vez más, el peso de la familia cae sobre tus hombros, Leandro.

Y, dicho aquello, Luca salió del despacho.

La habitación se quedó en silencio y solo se oyeron los ruidos procedentes del porche, la voz de Valentina, su risa.

Valentina, que era lo único que les quedaba de su madre...

–Empiezo a entender que Luca haya elegido ese modo de vida. Y comprendo también la libertad que le da odiarte a ti y odiar este apellido... –se desahogó Leandro.

Con manos temblorosas, tomó la botella de vino, la primera que había dado su viñedo en la Toscana, casi dos décadas atrás, y pensó en romperla contra la pared.

–Leandro... –le suplicó su abuelo, enfadándolo todavía más.

Porque Antonio lo quería. No sentía por él un amor incondicional, pero, aun así, su abuelo lo había sido todo para el niño destrozado por la volatilidad de su padre.

Leandro no tiró la botella, no se dejó llevar por la ira, no era su forma de ser. Él no se dejaba llevar por los impulsos. No era débil.

Solo lo había hecho en una ocasión. Solo una vez en toda la vida.

Todavía entonces, no era el rostro de Rosa el que veía cuando tenía que apaciguar su cuerpo sin buscar la satisfacción en los brazos de una mujer desconocida. Lo que veía eran unos ojos marrones, sinceros, excitados, unos labios rosados, temblorosos...

Afectado por el modo en que aquel recuerdo lo seguía perturbando, dejó la botella.

–¿Otra esposa, Antonio? Me tratas como si fuese ganado.

Su abuelo parecía cansado.

–Tú decidiste que querías que el apellido Conti volviese a ser un apellido respetado, a pesar de tu padre, Leandro.

Este asintió.

–Dile a Salvatore que me casaré con Sophia cuando él quiera.

De todos modos, llevaba demasiado tiempo solo. Y no tenía nada en contra de casarse para tener hijos.

Los recuerdos lejanos de aquel verano la invadieron al ver la majestuosa Villa Conti brillando bajo la oscura noche.

Se sintió intimidada.

Pasó una mano por su blusa de algodón blanco, nerviosa, a pesar de saber que jamás podría competir con aquella gente. Unos vaqueros azules y unos zapatos de tacón blanco completaban su sencillo atuendo.

Se alegraba de haber llamado a Valentina. No le había costado mucho mentir y decirle que volvía a estar de vacaciones en Italia y que le encantaría verla. Valentina se había mostrado encantada a pesar de que Alex hubiese desaparecido de repente aquel verano. Incluso le había mandado un coche a recogerla.

Pero lo que no había mencionado era que habría una gran fiesta la misma noche que Alex iba a llegar a su casa.

Alex le dio las gracias al conductor, salió del coche, miró hacia arriba y sintió que se le encogía el estómago de los nervios. Tenía la boca seca.

¿Cómo iba a encontrar a Leandro entre tanta gente? ¿Cómo iba a hablarle de Izzie?

Sintió ganas de salir corriendo, pero supo que el bienestar de su hija dependía de aquello.

De repente, oyó que la llamaban.

–¿Alex? ¿Alexis Sharpe?

Luca Conti estaba en lo alto de las escaleras, imponente vestido de esmoquin negro. Como era habitual, tenía a un rubia escultural colgada del brazo, y la imagen hizo que Alex sintiese cariño.

Mientras intentaba pensar qué decir, Luca se deshizo de la rubia y bajó las escaleras.

Irradiaba vitalidad, estaba sonriente, y la abrazó antes de que a Alex le diese tiempo a pensar.

Ella se preguntó por qué no se habría enamorado de él.

Luca se apartó, la miró de arriba abajo y le dijo:

–Estás preciosa. Sabía que no tenía que haberte dejado escapar aquel verano.

Alex sonrió, agradecida por el cumplido.

–Gracias, Luca. Valentina sabía que iba a venir, pero...

–Eres bienvenida, Alex –respondió él, mirándola con curiosidad, pero sin hacer preguntas.

En su lugar, le ofreció el brazo.

–Ven, vamos a beber algo y a buscar a Valentina.

Ella negó con la cabeza.

–Antes necesito... ¿Luca, podrías ayudarme a encontrar a tu hermano?

–Leandro... –dijo él, sorprendido–. Has venido a ver a Leandro.

No era una pregunta.

–Sí.

–¿No te puedo ayudar yo, *bella*?

–No.

Él se quedó pensativo un instante, se puso serio.

–Está bien, vamos a buscarlo, aunque te advierto que esta noche está muy solicitado. Vas a necesitar un poco de paciencia, ¿de acuerdo?

–Sí.

Alex se apoyó en su brazo y, con piernas temblorosas y el corazón acelerado, entró en la casa y buscó al hombre alto y delgado al que llevaba siete años viendo en sus sueños.

Alexis...

Le había parecido verla una hora antes, todavía más pálida que la camisa blanca que llevaba puesta.

Leandro se había llevado la mayor sorpresa de su vida al verla agarrada del brazo de Luca.

Se había quedado unos segundos inmóvil, pensando que estaba alucinando la víspera de su compromiso con Sophia. Y entonces esta lo había llamado, había puesto la mano en su hombro.

Y él se había girado hacia ella y había sonreído, y después había vuelto a buscar a Alexis con la mirada.

Pero no la había visto, ni a Luca tampoco.

La velada había continuado hasta que Salvatore Rossi lo había colocado delante de todos los invitados y había alardeado de conseguir emparentarse con los Conti.

El comentario había parecido molestar incluso a su hija. Y a Leandro le había gustado aquello.

Sophia era una mujer independiente, inteligente y contenida. Al menos, sería un matrimonio cómodo, exento de los dramas maritales que había presenciado en el de sus padres.

Nada más conocer a Sophia, se había quedado tranquilo con respecto a aquello.

Había bailado con ella y después con su hermana, que le había contado algo acerca de una vieja amiga.

Eran más de las diez y Leandro estaba en el salón privado de la primera planta, lejos de sus invitados.

También estaban allí Salvatore Rossi y Sophia, Valentina, su abuelo, dos de sus tías y dos de sus disolutas primas. Luca se había comportado de manera extraña, incluso para él, desde que Antonio había anunciado aquella unión.

Leandro había estado a punto de ir a buscarlo cuando este había aparecido en la puerta, seguido por la mujer a la que no había querido volver a ver en toda su vida.

La única mujer que lo había visto perder el control.

El alegre saludo de Valentina retumbó en la habitación.

Sin duda, era Alexis.

Sus hombros esbeltos estaban cubiertos por una chaqueta negra. Llevaba una blusa de seda que se pegaba a sus curvas, más generosas que en el pasado. Había sido una mujer delgada, frágil, pero violentamente apasionada al mismo tiempo... Que se había comportado como si solo Leandro pudiese darle lo que más necesitaba.

Este se maldijo.

Estaba furioso, pero no podía dejar de estudiarla con la mirada.

Llevaba unos pantalones vaqueros ceñidos a sus largas piernas, unas piernas que lo habían abrazado... Leandro sintió que su sangre descendía por debajo de su cintura, se sintió como aquella noche...

Apretó los dientes e intentó recuperar el control de su cuerpo. No era posible que con solo mirarla se sintiese como un adolescente.

Levantó la vista a su rostro y descubrió, sorprendido, una cicatriz. Aunque esta no minimizase su atractivo. Todo lo contrario, le daba más personalidad y fuerza.

Nunca había sido una belleza, ni entonces ni en esos momentos.

Su atractivo era sutil y traicionero, de los que lo atrapaban a uno sin darse cuenta, residía en su frente alta, en su mirada inteligente, en aquella irresistible combinación de inocencia y seguridad, en su nariz demasiado audaz, en sus generosos labios.

Cuando la había conocido no había sido más que un boceto en blanco y negro de aquella preciosa mujer.

Sus ojos marrones recorrieron la habitación y se posaron en él.

Y entre ambos pasó una corriente eléctrica que

los unió como si fuesen las dos únicas personas de la habitación, del mundo.

Algo despertó dentro de Leandro, algo que solo Alex había conocido.

Ella palideció.

Leandro se obligó a apartar la mirada y se preguntó qué hacía Alex allí, siete años después. El día antes de que se anunciase su compromiso.

Antes de que le diese tiempo a más, Antonio rompió el silencio.

—Aquí estamos solo la familia, Luca. No puedes traer a tus amiguitas.

Alexis se encogió y Luca se dispuso a defenderla, pero ella apoyó una mano en su brazo para impedirlo.

Leandro no pudo impedir sentir celos de su propio hermano.

La vio temblar, tomar aire y, por fin, enfrentarse a Antonio.

—No soy la amiguita de su Luca, señor Conti, y no voy a marcharme hasta que no haya dicho lo que he venido a decir.

Entonces, miró a Leandro.

—Tengo que hablar contigo, a solas.

Este se puso tenso, después de siete años, si se había presentado allí en una noche así solo podía ser por dinero.

—No creo que tenga que decirme nada que no pueda decirme aquí, señorita Sharpe.

—Leandro... —dijo su hermano.

Este levantó una mano, furioso.

¿Desde cuándo había estado Luca en contacto con

ella? ¿Cómo era posible que fuesen tan amigos si no...?

¿Y qué más le daba a él lo que hubiese entre ambos?

–No sé qué pretende, pero no voy a seguirle el juego –le dijo a Alexis.

–Está bien, como tú quieras –replicó esta, enfadada, temblando–. He venido a decirte que tienes... que tengo una hija. Se llama Isabella Adriana. Tiene seis años y es preciosa, maravillosa y es... es tuya.

–No –susurró él–. Eso es imposible.

Su abuelo y Salvatore Rossi juraron en italiano, y Valentina dio un grito ahogado.

Alexis respiraba con dificultad, pero mantuvo la mirada en la distancia.

–Una prueba de ADN te demostrará que es cierto –le dijo, anticipándose a cualquier pregunta.

Pero Leandro no podía ni hablar.

Una hija...

Sintió frío de repente a pesar de que la chimenea estaba encendida. Sintió que el mundo giraba a su alrededor y que él había perdido el control.

Sacudió la cabeza, tomó aire.

Miró a Luca, que parecía tan sorprendido como él.

La única que estaba tranquila era Alexis y el resto la miraba con curiosidad.

A Alexis le habían brillado los ojos con orgullo y amor mientras le anunciaba que era padre. De una niña.

Una hija... Rosa había buscado un hijo durante años.

Y aquella mujer, a la que él había intentado olvidar, decía que tenía una hija suya.

Leandro seguía sin poder hablar.

–No sé qué ha tramado, señorita Sharpe, pero no va a conseguir nada –le advirtió Antonio–. La habríamos creído si hubiese querido manchar nuestro apellido con un hijo bastardo de Luca, pero no de Leandro. Ahora, antes de que llame a la policía...

Capítulo 2

B ASTA! –espetó Alex furiosamente–. No voy
a permitir que insulte a mi hija.

Luca apoyó la mano en su hombro y aquello
le dio fuerzas.

Fuerzas para volver a mirar a Leandro a los ojos.
Por fin vio algo en ellos. ¿Incredulidad? ¿Desprecio?

Tenía la nariz aquilina, los labios delgados y el
rostro anguloso, seguía poseyendo la misma belleza arrogante que ella había recordado.

Después de siete años, era evidente que Leandro
seguía pensando lo mismo que aquella noche. Y
Alexis no había tenido la esperanza de lo contrario,
pero tampoco iba a sentir vergüenza por ello.

No había hecho nada malo, ni entonces ni en esos
momentos.

–¿Te quedas en silencio a pesar de saber que puede
ser verdad? Veo que me he equivocado al venir aquí,
al pensar que Izzie...

Tomó aire.

–Ni tú ni tu familia merecéis conocerla.

Alexis les dio la espalda con la cabeza bien alta.

Salió al pasillo y golpeó el suelo de mármol con
sus tacones, ignorando el dolor que sentía por dentro.

Se dijo que era debido a la incertidumbre causada por el accidente, a su preocupación por el futuro de Isabella, que no tenía nada que ver con aquel hombre que no se había inmutado mientras su familia la insultaba.

Al llegar al final del pasillo, se quedó inmóvil. Había llegado a un balcón semicircular con vistas al jardín y al lago.

Las risas de los invitados del piso de abajo la devolvieron a la realidad.

Se llevó las manos a las sienes.

¿Podía pedirle a Valentina que volviese a prestarle el coche? ¿La ayudaría Luca?

Se giró y se dio contra un cuerpo fuerte, masculino, apoyó la mano en su pecho.

—Luca, por favor...

Se calló al aspirar el olor masculino, levantó la cabeza y se sintió aturdida.

Unos ojos grises, penetrantes, la estudiaban.

—¿Por qué pensabas que era Luca?

—Porque parece que es la única persona decente de esta familia.

Intentó apartar a Leandro, pero este no se movió, la atrapó con su cuerpo.

Su calor, su fuerza, la aturdieron.

—No tengo nada más que decirte —balbució.

—¿Piensas que puedes dar una noticia así y marcharte sin más? Supongo que ahora irás directa a la prensa.

La agarró del brazo con fuerza y la llevó a otro salón, cerró la puerta.

Alex se quedó de espaldas a él. Estaba mareada,

se llevó los dedos a la frente, intentó calmar su corazón.

Poco a poco, se fue fijando en la enorme habitación, había un escritorio de caoba y una cama con dosel y sábanas azules. Olía... a él. En la mesita de noche había una fotografía de una mujer muy guapa, morena, con facciones delicadas.

Se preguntó si aquella era su habitación y quién era la mujer.

Con el estómago encogido, Alex clavó la mirada en la ventana. Desde allí, las vistas del lago Como eran todavía mejores.

La finca era preciosa, inmensa.

Y era solo una de las propiedades de la familia.

Los Conti eran una familia poderosa y Leandro llevaba las riendas de la misma. Y ella había irrumpido en su elegante fiesta para decirle que tenía una hija.

Le entraron ganas de echarse a reír.

—¿Ahora te da miedo mirarme? Después de tu actuación delante de todo el mundo —le preguntó él en voz baja, tensa.

Alex se giró despacio, intentando no mostrar lo nerviosa que se sentía en su presencia.

—Estoy intentando entender que hayas venido a buscarme. Y tengo que decirte que tú me has obligado a hablar delante de todo el mundo.

Él la miró fijamente, en silencio. ¿Por qué no decía nada?

Alex había estado preparada para todo, menos para aquel impenetrable silencio.

—Supongo que después de traerme aquí así, te

habrás acordado de aquella noche. Aunque, al parecer, la habías borrado por completo de tu memoria.

Leandro levantó la barbilla, su mirada seguía siendo inescrutable.

—Sí, hasta esta noche.

A Alex le dolió oír aquello. No pensó que Leandro lo dijese solo para provocarla, como había hecho ella.

—¿Hasta dónde estabas dispuesta a llegar para recordármelo, Alexis?

—Es un gesto de enorme arrogancia por tu parte pensar que muero por... retomar nuestra relación. Solo he venido aquí por Isabella.

Alex no sabía si Leandro iba a creerla o no, pero sí sabía que era un hombre al que le gustaba tenerlo todo bajo control. No la había llamado mentirosa, como su abuelo, sino que había guardado silencio al oír la noticia, un silencio que hablaba por sí solo.

Leandro recorrió la habitación y se apoyó en la cama.

—¿Cómo es que has venido hoy?

—No te entiendo.

—¿Por qué has venido precisamente esta noche? ¿Sabías...?

—¿Que había una fiesta? Por supuesto que no. ¿Piensas que quería montar un espectáculo delante de tu familia? Fue Valentina la que me dijo que viniese hoy.

—¿Y Luca?

—¿Qué pasa con Luca? —preguntó ella con frustración.

–¿Cómo es que llegaste agarrada a su brazo? –inquirió Leandro.

–Luca ha tenido el detalle de acompañarme cuando le he dicho que quería hablar contigo.

–Aquella noche me dijiste que usabas protección.

El cambio de tema de conversación la sorprendió.

–Sí. Había empezado a tomar la píldora unas semanas antes de venir a Italia.

–¿Pensando en las vacaciones que tenías por delante?

A Alex le molestó el comentario, pero prefirió que Leandro pensase que lo había escogido a él para tener una aventura de verano.

–De acuerdo, admito que me volví loca nada más verte –respondió–. ¿Cuál es tu excusa?

–Piensas que te culpo de lo ocurrido aquella noche.

Cómo no iba a pensarlo, si Leandro la miraba como si se tratase de su peor pesadilla, pero no tenía sentido ahondar en la herida.

–Ni siquiera la píldora es cien por cien eficaz.

Él guardó silencio.

–Si no me crees...

–Todavía estoy sufriendo las consecuencias de lo ocurrido hace siete años, así que no quiero más.

–No era una invitación. No he venido para tener nada contigo. Aunque te resulte difícil de creer, hay mujeres a las que no nos interesa tu dinero –le dijo ella, enfadada.

–¿De verdad?

Leandro la despreciaba simplemente con su actitud.

Y Alexis tuvo que fingir que no se sentía atraída por él.

–Sí, me respeto demasiado como para querer estar con un hombre que piensa que soy una mentirosa y cosas peores. Para desear a un hombre que me trató como si fuese basura hace siete años.

Él apretó los labios un instante y apartó la mirada.

Y Alexis se sintió satisfecha al ver que volvía a reaccionar.

–¿Por qué has esperado siete años para venir a hacer la reclamación?

–Que lo llames reclamación no lo convierte en mentira –replicó ella.

–¿Qué pensabas, que no te iba a hacer ninguna pregunta? –inquirió él enseguida–. ¿Por qué no me avisaste inmediatamente?

–Cuando me di cuenta de que estaba... embarazada, habían pasado casi diez semanas.

–¿Por eso tuviste al bebé? –preguntó Leandro, levantando la mano para continuar hablando antes de que Alex lo interrumpiese–. Tenías veinte años. Con esa edad, Valentina no era capaz de cuidar ni de sí misma, mucho menos de un niño.

Alex tragó saliva. Era cierto que sus padres, su mejor amiga, todo el mundo le había aconsejado que diese al bebé en adopción.

–Yo... –empezó, emocionándose.

–¿Por qué?

–Es una sensación... inexplicable –balbució ella, levantando la cabeza.

Vio algo en su mirada que hizo que le picase la piel. Antes de ir allí había sabido que Leandro era un hombre arrogante, despiadado, cínico, pero ¿y si estaba equivocada?

Sintió miedo.

—Llamé a tu despacho una semana después de enterarme, pero tu secretaria me dijo que no ibas a ponerte al teléfono y que no llamase más.

—Podías haber llamado a tu amigo Luca —comentó él—. O haber venido a Italia. Podías habérselo contado a Valentina. O haberme enviado un correo electrónico...

—¿Y escribirte el qué?: *ESTOY EMBARAZADA, ES TUYO* —replicó, furiosa—. No querías saber nada de mí, aunque, no obstante, compré un billete de avión, pero discutí con mi padre y este tuvo un accidente en la tienda, así que no vine. Después, entre el trabajo, mi padre e Isabella... estaba agotada.

—¿Y entonces?

—Entonces me resultó más sencillo pensar que Isabella estaba mejor sin sufrir tu rechazo.

Como lo había sufrido ella.

—¿Y por qué has cambiado de opinión? —le preguntó Leandro, pasándose los dedos por el pelo mientras iba de un lado a otro de la habitación como un animal enjaulado—. ¿O acaso lo habías planeado así?

—Eso sería perfecto para ti, ¿no? Te encantaría que te demostrase que lo que piensas de mí es verdad, que no tienes ninguna responsabilidad en todo esto...

—*Dio*, Alexis, ¿por qué ahora?

Ella se recordó que sus sentimientos no importaban, que estaba allí por su hija.

–Tuve un accidente hace tres meses, un accidente grave –respondió, llevándose la mano a la cicatriz del rostro–. Y me di cuenta... de que si me pasaba algo, Isabella se quedaría sola en el mundo. Mis padres se están haciendo mayores... Y me preocupa tanto el futuro de la niña que no puedo dormir por las noches.

Él volvió a quedarse en silencio, mirándola.

–Te he traído su partida de nacimiento –continuó ella, buscando en el bolso–. Dime cuándo y dónde quieres que lleve a la niña para hacer la prueba de ADN, aunque lo mejor para mí sería Nueva York porque...

–Nada te acobarda, ¿no? Te propones un objetivo y sigues adelante hasta que lo consigues.

Alex palideció. El comentario de Leandro volvió a dolerle, pero se tragó sus sentimientos y continuó.

–Estoy dispuesta a cualquier cosa para demostrar que es tuya, sí.

–¿Y a cambio?

–¿Tanto miedo te da lo que te pueda pedir, Leandro? –le preguntó en tono retador.

A él se le dilataron ligeramente las pupilas, solo un instante. Alexis no se habría dado cuenta si no lo hubiese estado mirando tan fijamente.

–¿Es mucho lo que vas a pedirme, Alexis? –continuó él.

Ella sacó el sobre que llevaba en el bolso.

–He traído unas fotografías. Tal vez podrías venir a vernos para conocer a Izzie y hacerle una o dos visitas, para que no te considere un extraño. Yo podría traerla en vacaciones para que conociese a Luca y a Valentina, si es que a ellos les interesa.

Tomó aire.

—Lo único que quiero es que me prometas que si a mí me pasa algo, tú...

Alexis enmudeció y Leandro se quedó de piedra, con el gesto tenso, pálido a pesar de tener la tez aceitunada.

Ella siguió con la mano alargada y él, con la vista clavada en el sobre que le ofrecía.

—¿Leandro?

Este parpadeó por fin, tomó aire.

Y Alexis se dio cuenta de que Leandro habría preferido que le estuviese mintiendo.

—Desearías que Isabella no existiera —comentó, horrorizada—. ¿Tanto me desprecias?

Él se giró, había dolor en su mirada.

—Lo que piense de la niña no tiene nada que ver contigo.

Aquello era bueno, Alex no habría podido soportar que despreciase a su hija tanto como ella. No lo habría permitido.

—¿Qué sabes de ese hombre? —le había preguntado su madre.

Lo cierto era que no sabía mucho.

La intensa atracción que había sentido siete años antes, su fascinación con él, la conexión que había sentido con él, habían sido inexplicables. Lo miró de reojo, no pudo evitarlo. Era delgado y alto, carismático, y Alex se preguntó si sería aquello lo que le había atraído de él.

Con manos temblorosas, se guardó el sobre en el bolso. Tenía que marcharse de allí. Antes de que sus propios sentimientos la ahogasen, antes de que se le olvidase que aquel hombre le había roto el corazón de tal manera que jamás lo había podido superar.

–Enséñame las fotografías –le pidió Leandro por fin.

Alexis se quedó inmóvil, de espaldas a él, con los delgados hombros muy tensos.

Él se dijo que tenía que actuar como si estuviese tranquilo.

Si lo hacía, conseguiría calmar sus emociones y sobreviviría a aquel nuevo golpe de la vida.

No podía avergonzarse por haber actuado de un modo que detestaba, eso era caer en la autocomplacencia. No tenía sentido sentirse culpable por abandonar a su hija...

Levantó la cabeza con brusquedad al darse cuenta de que en realidad creía a Alexis.

La creía.

Antonio le diría que estaba loco, los abogados le aconsejarían que pidiese una prueba de ADN. Su parte más sensata y racional le advirtió que estaba arriesgándose demasiado, que la actitud de Alexis, sus palabras, podían ser mentira.

Podía haber esperado todo aquel tiempo para que el efecto de la noticia fuese mayor y poder sacarle más.

Leandro sabía que atraía a las mujeres. Caían a

los pies de Luca por su encanto, pero él las atraía precisamente porque era discreto, porque los medios de comunicación lo pintaban como el hombre perfecto, que seguía llorando la muerte de su esposa.

–Enséñame las fotografías.

Ella agarró el bolso con fuerza.

–No he venido a obligarte a ser padre.

Leandro se acercó más, no le importó que a Alexis le temblaran los labios, ni que abriese tanto los ojos, la acorraló contra la puerta.

–¿Ahora tienes miedo? ¿Después de haber llegado hasta aquí?

Ella sacó el sobre por fin.

Leandro volvió a la cama y echó las fotografías sobre la colcha oscura.

Eran diez, de diferentes tamaños, con diferentes poses.

Con el corazón acelerado, tomó una de ellas y la miró de cerca. La niña tenía el pelo negro y los ojos serios, grises, su rostro era regordete, pero era su viva imagen.

La niña, no, Isabella... era su hija. Era sangre de su sangre.

–No se parece en nada a mí –comentó Alexis a sus espaldas–. Cuando la miro por las mañanas me pregunto cómo es posible que sea mía.

Leandro tomo aire y se giró.

A Alexis le brillaban los ojos de la emoción. Se acercó a él sin dejar de mirarlo. Leandro supo que estaba viendo a su hija.

Su mirada fue además como una caricia de verdad y la reacción de su cuerpo hizo que Leandro se quedase desconcertado.

Miró la fotografía y después a Alex.

—La barbilla es tuya.

Ella sonrió, convirtiéndose de repente en una belleza.

—¿De verdad?

—¿Dónde está ahora mismo? —le preguntó él, sobre todo para distraerse y no pensar en su olor.

—Con mis padres. Vivimos con ellos. Una amiga mía tiene un niño de su edad y la cuida mientras yo trabajo. Puedes quedarte con las fotografías.

Buscó en el bolso y sacó unas tarjetas de visita, que le ofreció.

—Aquí están mis teléfonos y direcciones de correo electrónico. Llámame antes, porque yo, después del accidente y de este viaje, no voy a poder...

—¿Antes de qué?

Alex se encogió de hombros.

—Ya sabes... de venir, si decides venir a verla.

Él salió del shock y empezó a entenderlo todo. Se le encogió el estómago.

Como no tomaba las tarjetas de visita, Alex las dejó encima del escritorio.

—Estaré en Milán dos días más, si quieres hacerme alguna pregunta —le dijo, mordiéndose el labio inferior—. Si me consigues un coche, me marcharé ahora mismo.

A Leandro se le escapó un gruñido, no lo pudo contener.

No iba a permitir que, después de enseñarle las

fotografías, Alex lo tratase como si fuese un pariente lejano.

«¿Cómo la has tratado tú a ella?», se preguntó.

–Quédate esta noche –le dijo por fin con toda naturalidad a pesar de que tenía delante a la mujer a la que siempre había querido olvidar–. Tengo la sensación de que te vas a desmayar en cualquier momento.

–No quiero causar problemas...

–¿No te parece que es un poco tarde para eso? Buscaré a alguien para que te acompañe a tu habitación. *Buonanotte*, Alexis.

Leandro fue de un lado a otro de su habitación, el olor a mujer que había en ella después de tantos años era tan desconcertante como la propia mujer que acababa de marcharse. Tenía la cabeza a punto de estallar.

Recordó que su secretaria le había dicho que la señorita Sharper lo había llamado. Repetidamente. Recordó haberse sentido mal solo de pensar en aquella noche y haber pensado que Alexis quería sacarle provecho.

Porque estaba acostumbrado a ver a las amantes de su padre montando el espectáculo.

A pesar de todo, Alexis había ido a contarle que tenía una hija. No podía ni pensar en qué habría ocurrido si no lo hubiese hecho.

Contuvo la ira, estaba acostumbrado a hacerlo, había aprendido a hacerlo de niño, porque alguien había tenido que ser fuerte, por su madre y por Luca.

Los Rossi debían de estar esperando una explicación, y su abuelo también. Su compromiso con Sophia había sido el acontecimiento del verano y Salvatore no iba a reaccionar bien ante aquella novedad.

Leandro tendría que asegurarse de que Salvatore no envenenaba a nadie en la junta directiva de Conti después de aquello.

Y que Antonio no interfería en sus intenciones.

No podía permitir que su propia arrogancia afectase a nadie más. Ni a Valentina ni a Sophia. Ni tampoco a Isabella.

Esta se merecía su protección, su cariño, su amor. Por sorprendente que pareciese, jamás descuidaría su deber como padre. Un niño necesitaba tener un padre y una madre, y él lo sabía mejor que nadie.

Prometió en ese instante que la siguiente generación de la familia sería diferente, empezando por Isabella. Muy a su pesar, le había fallado a Luca.

Y no podía defraudar a Isabella también. No iba a permitir que su hija pasase ni un día sin saber que era una niña querida y deseada.

Si Alexis tenía otra cosa en mente, la convencería.

Tenía la sensación de que el peso el mundo recaía sobre sus hombros y, al mismo tiempo, Leandro se sentía con más energías que en muchos años.

Capítulo 3

EL SOL de junio brillaba con fuerza cuando Alex salió de su habitación y llegó al balcón. Había pasado la noche en vela y un mal presentimiento le tenía el estómago encogido.

Suponía que era por algo que había visto en los ojos de Leandro.

–Alex, ven a desayunar –la llamó Valentina desde abajo.

Ella se armó de valor, bajó la vista. Era solo Valentina.

Descendió las escaleras, cruzó el patio y atravesó los bonitos jardines.

Valentina iba vestida con unos vaqueros y un top rosa, y llevaba el pelo despeinado, todo a la moda. Ella se alegró de no haberse puesto la ropa del día anterior.

Al salir de la ducha había descubierto que le habían dejado encima de la cama unas camisetas de algodón lisas, pero muy caras, y varios pantalones *capri* en varias tallas y colores, e incluso ropa interior nueva.

Un cruasán relleno de mermelada le alegró la mañana, aunque fuese solo un momento. Y el capuchino le hizo suspirar.

Sintió que Valentina la miraba y levantó la vista.

–Si me disculpase por haberte utilizado, sería una falsa.

Valentina asintió, pensativa.

–Anoche no volví a ver a Leandro, pero Luca dice que te cree.

Reconfortada por la aceptación de Luca, Alex encendió el teléfono.

Valentina miró la fotografía de Izzie y suspiró.

–Siento lo que dijo mi abuelo –añadió.

Alex pensó que no era su disculpa lo que necesitaba, ni tampoco la de Antonio.

–Alex, no puedes... imaginar la sorpresa que nos hemos llevado...

–Sí que puedo...

–¡No! Que Leandro estuviese... contigo... tan pronto, después de... No es propio de él.

–¿Qué pasa, que no tiene sexo, como el común de los mortales?

Valentina hizo una mueca.

–Sí, pero... ¿Sabes cómo llaman la prensa a Luca y a Leandro?

–¿Cómo?

–El Conti pecador y el Conti santo.

–¿Despreciar a la mujer con la que te has acostado es de santos en tu país?

–No lo entiendes...

–No me hace falta –la interrumpió Alex.

No quería saber nada de la vida amorosa de Leandro, ni de por qué se había comportado así con ella. Ni por qué para el resto del mundo parecía ser el hombre perfecto.

–Llegaste en mal momento hace siete años y anoche.

–¿Por qué anoche?

–Era la fiesta de compromiso de Leandro.

Aquello le sentó a Alex como un jarro de agua fría.

–Me da igual, que esté comprometido o que tenga un montón de amantes haciendo cola, Valentina –replicó ella–. Me da igual Leandro.

–Eso me anima –dijo una voz masculina a sus espaldas–, mucho. Qué bien que no te interese nada la vida del hombre con el que compartes una hija.

–Tal vez vaya siendo hora de que alguien te diga que no eres tan estupendo como piensas, que no todas las mujeres se enamoran de ti.

–¿Es eso lo que crees que pienso de mí mismo? ¿Por qué?

–Porque al parecer te cuesta creer que no quiera lanzarme a tus brazos otra vez –replicó ella.

Valentina sonrió. Y se marchó.

Alex se agarró las manos temblorosas sobre el regazo y levantó la vista.

Leandro llevaba puestos unos vaqueros oscuros y una camisa negra. Su aspecto era muy masculino.

Seguía siendo igual de atractivo que siete años atrás. O todavía más...

«No pienses en eso, Alex».

–Enhorabuena por tu compromiso –le dijo, tendiéndole la mano.

Él se la agarró, haciéndole sentir calor por todo el cuerpo.

Y Alex retiró la suya, como un conejillo asustado, con el corazón a punto de salírsele del pecho.

–*Grazie*, Alexis –contestó él en tono burlón–. Disculpa que no te presente a mi prometida. No estará de buen humor, después de la sorpresa de ayer.

Alex dejó la taza de café en el plato.

–No lo sabía, si no, no habría...

–Lo sé.

–Tampoco vine a pedirte dinero.

–Entonces, ¿te negarás a que cree un fondo fiduciario para Isabella?

–No –dijo ella, sorprendida–. Me las arreglo bien, pero no puedo rechazar algo que, sin duda, ayudará a Izzie en un futuro.

No le gustaba mostrarse derrotada ante Leandro, pero tenía que pensar en su hija.

–Después del accidente, y de las malas decisiones que tomé el año pasado con respecto al negocio... Ando justa de dinero. Y, cuando se haga mayor, ir a la universidad costará muy caro.

Leandro la miró fijamente y ella se dio cuenta de que había aceptado demasiado pronto.

–Tengo una hija de seis años, un negocio que sigue a flote por el momento y unos padres que se están haciendo mayores. Soy práctica, no un monstruo.

–¿He dicho yo lo contrario?

–Decidas lo que decidas, yo no tocaré ni un céntimo.

Sus miradas se cruzaron, la de él era inescrutable, la de ella, confundida.

Si Leandro la creía cuando le decía que no había sabido que la noche anterior se celebraba su fiesta de compromiso, y que no había ido allí buscando dinero, ¿por qué parecía tan enfadado?

¿Por qué la miraba de aquella manera tan distante, como si fuese el enemigo?

No quiso preguntárselo, no quiso pensarlo más.

Desde que tenía memoria, su madre y sus propios fracasos le habían hecho ser consciente de sus limitaciones. Siempre la habían comparado, una y otra vez, primero con Adrian, después, con su fantasma, y nunca había estado a la altura.

No quería que aquel hombre se lo dijese también.

—Debería marcharme —anunció, rompiendo el silencio.

—Nos iremos dentro de diez minutos —dijo él.

Alex se giró bruscamente y perdió el equilibrio. Leandro la sujetó y ella cerró los ojos, se le aceleró el corazón, intentó preguntarse qué era lo que le había causado tanto miedo.

—¿Has hablado en plural?

—Sí. Voy a ir contigo.

—¿A Milán?

—A Nueva York.

—No lo entiendo.

—No quiero tener que llamarte, buscar una fecha, parar mi vida. Voy a casarme pronto y mi prometida está disgustada, así que es mejor que me lo quite del medio cuanto antes.

—¿El qué? —susurró Alex.

—El conocer a mi hija.

La había sorprendido.

Aquello le gustó. Aunque fuese un placer infantil e impropio de él, pero tenía que admitir que Alexis siempre sacaba algo nuevo de él.

Cuanto más tiempo lo miraba, más consciente era Leandro de sus propios deseos.

Sintió un calor primitivo, le ardieron los dedos que estaban en contacto con su vientre, haciendo que recordase lo que era el placer.

La noche anterior había estado en shock, pero aquella mañana, teniendo claro cuál iba a ser el plan, el efecto de la belleza de Alexis en él era todavía más fuerte.

Olía a limpio, a limón, y era un olor más evocador que cualquier perfume caro. Leandro deseó poder enterrar la nariz en su cuello.

Se había recogido el pelo en una trenza que dejaba a la vista la cicatriz de la frente.

Sus hombros seguían estando rígidos, aunque el modo en que Alexis había cruzado los brazos, poniendo distancia entre ambos, la traicionaba.

Leandro no acababa de entenderla y eso no le gustaba.

Su valentía, su determinación, lo fascinaban y lo frustraban en igual medida.

Cualquier otra mujer lo habría atacado delante de sus invitados, o habría perdido la compostura al enterarse de que el padre de su hijo iba a casarse.

Alexis, no.

Solo había perdido los nervios al oír las desagradables palabras de Antonio.

No era la niña a la que había besado aquella noche. Aquella Alexis, en la cúspide de la feminidad, había sido un libro abierto, le había demostrado su atracción sin ningún artificio.

Una tentación que Leandro no había sido capaz de resistir.

Esa mujer que lo miraba calmada, decidida a seguir con sus planes, sin permitir que las emociones la traicionasen... era un misterio.

Lo que significaba que él tampoco podía delatarse.

Alexis solo había reaccionado cuando él había anunciado que iba a acompañarla.

—Te has puesto muy pálida, Alexis. ¿Te ocurre algo? —la provocó.

—No es necesario que vengas inmediatamente. Supongo que estás muy ocupado.

—A ver si lo he entendido bien. ¿No quieres que vaya?

—No, es solo... —balbució ella, incómoda.

Estaba ojerosa y Leandro sintió ternura muy a su pesar.

La noche anterior no se había fijado, pero en esos momentos lo vio claro.

Estaba físicamente agotada. El mismo instinto que lo había llevado a apoyar a sus hermanos siempre, lo empujó a ayudarla, pero se dijo que aquel no era su problema.

—¿No habías venido a eso? ¿A que yo reconociese a Isabella y te asegurase que no tienes por qué preocuparte de su futuro para que después ambos pudiésemos continuar tranquilamente con nuestras vidas? —le preguntó en tono frío, desinteresado.

El gesto de Alexis cambió y Leandro se dio cuenta de que no iba a amoldarse a sus planes tan fácilmente.

–Por supuesto –respondió, esforzándose por sonreír educadamente y alejándose de él.

–Los engaños y las trampas son impropios de ti –le dijo Luca, que estaba a su lado, con un desdén que solía evitar–. Cualquiera que te conozca podría adivinar tus intenciones.

–Alexis, no –respondió él, poniéndose a la defensiva.

–Yo diría que, probablemente, te conozca bien –continuó Luca–. Conoce al hombre que hay detrás del santo.

Leandro vaciló. Siempre le había pesado su comportamiento con Alexis siete años antes.

–Si esperas que te dé detalles acerca del acontecimiento ocurrido hace siete años, no.

–El acontecimiento ocurrido hace siete años, ¿tú te oyes? –le contestó Luca–. Sedujiste a una jovencita inocente y, al parecer, le diste la patada nada más subirte la bragueta. Eso es lo que se espera de mí, no de ti.

Leandro juró. Las palabras de Luca le dolieron a pesar de saber que aquel era precisamente el objetivo de su hermano.

Inocente... Alexis había sido una chica inocente y, sin quererlo, había utilizado su inocencia muy bien.

–Sabiendo cómo estabas en aquel momento –continuó Luca–, no debías haberla tocado.

–Ya lo sé.

–La utilizaste, así de sencillo.

«Como nuestro padre», le faltó decir, porque Luca jamás mencionaba a su padre.

–No –negó Leandro con fuerza–. No le hice falsas promesas. Ni siquiera...

Era incapaz de expresar con palabras lo vivo que se había sentido bajo la inocente mirada de Alexis. La emoción que lo había invadido al tocarla.

Lo mucho que había necesitado sentirse deseado después de la muerte de Rosa. La mirada de Alexis le había hecho darse cuenta de lo mucho que deseaba perderse.

Lo vulnerable que se había sentido frente a una atracción tan sincera como la de Alexis.

El vulnerable había sido él, el seducido había sido él a pesar de que Alexis ni siquiera había querido seducirlo.

Pero no podía decirle a Luca todo aquello.

Era demasiado íntimo. Solo de recordar aquella noche, la pérdida del control, el deseo desesperado...

–No lo hagas parecer algo sucio, Luca, porque no lo fue.

–Pues desde aquí, lo parece. Y, lo que es más importante, para Alexis también lo parece. Es la madre de tu hija, Leandro. Trátala con respeto, aunque sea ahora. ¿No eres tú el que siempre se queja del legado de los Conti?

–No continúes con lo que él empezó, no permitas que ese sea nuestro patrimonio.

La noche anterior se había llevado una gran sorpresa, pero lo que Leandro sentía en esos momentos era vergüenza. Jamás había tratado así a ninguna otra persona, hombre o mujer.

Y todo era porque, para empezar, se había sentido débil con Alexis y, después, había huido de las consecuencias.

Lo mismo que su padre, al que tanto despreciaba.

—Aunque imagino que Antonio te habrá envenenado, dime que no desconfías de sus motivaciones —le pidió Luca.

—Creo todo lo que Alexis dijo anoche.

Lo que había mantenido en vela a Leandro toda la noche era lo que Alexis no había dicho.

Si al menos hubiese mostrado algún signo de que se sentía celosa, o insegura, o de que se parecía al resto de las mujeres que Leandro conocía, él tendría motivos para enrabietarse, pero no...

Incluso en esos momentos, sabía que Alexis era diferente. Sabía que en el fondo era muy fuerte aunque pareciese inocente.

Y aquel contraste hacía que...

También era el motivo por el que se había sentido tan atraído por ella, le dijo una vocecilla en su interior. Por el que se había acercado a ella como ni siquiera lo había hecho con Rosa.

—En ese caso, la estás engañando a propósito. Tienes a Salvatore pendiente de tu decisión, a Antonio amenazando con hacerle daño a Valentina...

—¿Te quieres casar tú con Sophia Rossi, Luca? Así yo no tendría que preocuparme por Valentina y podría centrarme en mi hija.

El silencio de su hermano fue revelador.

–Te aseguro que estoy intentando hacerlo lo mejor posible, para todo el mundo.

Leandro se pasó una mano por la nuca. Lo que estaba bien y lo que él quería nunca había coincidido con aquella mujer. Y lo que lo había mantenido en vela era saber que no podía controlar inmediatamente la situación, que no podía arreglarlo todo de repente.

Ni Luca, ni Valentina ni él mismo habrían podido vivir en paz si él no hubiese sido capaz de controlar sus emociones.

Pero Alexis lo hacía comportarse como un adolescente impulsivo, que se dejase llevar por sus hormonas.

–No tiene nada que temer de mí.

El silencio de Luca lo incomodó. Este tenía un sentido del humor perverso, además, era encantador y conseguía que todo el mundo se sintiese cómodo en su compañía. Todo lo contrario que él.

De todos modos, con treinta y cinco años ya era demasiado tarde para cambiar y, además, no serviría de nada a su familia si lo hacía.

–Mantente alejado de ella, Luca. Tu *amistad* con Alexis solo me lo pondrá más difícil para...

Su hermano dejó escapar una carcajada.

–Sabes muy bien que no me gusta que me digan lo que tengo que hacer, pero sí hacer justicia.

–Esto es demasiado importante para mí –le advirtió Leandro, deseando hacer desaparecer a su hermano hasta que todo estuviese arreglado con Alexis.

La idea de perder a su hija era inaceptable.

–¿Y por qué no se lo dices a ella? ¿Por qué no pones las cartas sobre la mesa? –replicó Luca.

–¿Piensas que accederá a lo que le pida después de cómo me he comportado con ella? –le preguntó Leandro–. ¿O me aconsejas que acepte el pequeño papel que me ofrece en la vida de mi hija?

–Alexis no se parece a ninguna mujer que tú o yo hayamos conocido.

Por primera vez desde que había empezado aquella conversación, Luca esbozó una de sus malvadas sonrisas.

Y Leandro sintió ganas de darle un puñetazo.

–Como eres un santo, no pasa nada porque te pongan a prueba.

Mientras Leandro se enfurecía todavía más, Luca se acercó a Alexis y la abrazó y la besó en la mejilla, comentó las fotografías de Isabella entusiasmado y le susurró al oído con una cercanía que Leandro sabía que jamás tendría con ella.

«Ni falta que te hace», se aseguró.

Capítulo 4

LLEVABAN casi medio vuelo en dirección a Nueva York cuando Alex consiguió que la cabeza le volviese a funcionar.

La sorpresa causada por la noticia de que Leandro iba a acompañarla se había visto aumentada al ver el Maserati que los iba a llevar al aeropuerto y descubrir que allí los esperaba un jet privado.

Pero lo que la había mantenido pensativa era que Leandro la hubiese creído cuando le había dicho que no quería su dinero.

Si la creía, ¿por qué había sido tan cruel con ella siete años antes? ¿Por qué no le había devuelto ni una sola llamada de teléfono?

—Tengo que trabajar —había dicho Leandro nada más despegar.

Había atendido varias llamadas y había estado sentado frente al ordenador, se había olvidado de ella.

«Como siempre», susurró una resentida vocecilla en su interior. Aunque también era normal, no teniendo nada extraordinario en lo que fijarse.

Era evidente que Leandro había cancelado o pospuesto varias reuniones para hacer aquel viaje. Y que había dejado a su prometida sola.

Su comportamiento no tenía sentido si lo que quería era quitarse un problema cuanto antes y volver a su agradable vida.

A Alex le dolía cabeza de tanto darle vueltas a las mismas ideas. La echó hacia atrás y se apretó las sienes con los dedos.

–¿Te encuentras mal, Alexis?

–No –replicó ella.

–¿Estamos en guerra, *bella*? Porque, si es así, me gustaría saberlo.

Alex aspiró su olor y abrió los ojos. Leandro estaba de pie a su lado. Antes de que le diese tiempo a reaccionar, le estaba tocando las sienes.

–¿Te duele aquí?

Tenía las manos frías.

¿O era ella la que estaba caliente?

Leandro pasó los dedos cuidadosamente por la cicatriz.

–¿Te han dicho si se va a curar completamente?

–Una cicatriz tarda años en desaparecer. Me dijeron que me podían hacer una cirugía, pero no quise.

–¿Prefieres una cicatriz que te recuerde siempre lo que estuviste a punto de perder?

Alexis asintió.

Tanto sus padres como su amiga Emma le habían dicho que se intentases quitar la cicatriz, que dejase el accidente atrás y continuase de su vida. Que diese gracias por todo lo que tenía.

Y ella las daba, pero ya no era la misma persona. Para bien o para mal, había cambiado.

Aun así, Leandro la entendía con facilidad.

–Mi madre piensa que la cicatriz me estropea la cara –comentó sin pensarlo.

Él la obligó a levantar el rostro poniendo una mano en su barbilla. Parecía divertido, pero Alexis no tuvo la sensación de que estuviese riéndose de ella.

–Y yo que pensaba que no eras de las que buscan cumplidos.

–Y no los busco, los pido.

Él pasó la mano por sus mejillas, le hizo girar ligeramente el rostro y estudió su frente, bajó a las cejas, los ojos, la nariz, la boca, la barbilla y volvió a subir.

–La cicatriz no te quita ni un ápice de belleza, Alexis.

Ella juró. Aquel hombre no era capaz de hacer un cumplido ni por pena.

–Espero que no hables así delante de Isabella –comentó él.

–¿No te ha dicho nadie que eres un idiota arrogante, Leandro?

–Sí, Luca –respondió él divertido–, y con bastante frecuencia. Aunque tengo que admitir que me satisface más oírlo de tus labios, Alexis.

Esta se dispuso a replicarle cuando él volvió a tocarle la frente con rapidez y firmeza.

Ella gimió aliviada y se dijo que lo que hacía Leandro era parecido a lo que le habían hecho los médicos y las enfermeras en las semanas siguientes al accidente.

–Gracias –le dijo, agarrándolo de las muñecas para apartarlo–. Ya estoy bien.

–Si me dices exactamente dónde te duele, a lo mejor puedo ayudarte, pero si insistes en mantener esa actitud tan quisquillosa, tendré que ser yo quién lo averigüe solo, y no creo que a ninguno de los dos nos guste la idea.

–Últimamente no he dormido bien –dijo ella enseguida–, y me está pasando factura. Es como si alguien estuviese dando martillazos dentro de mi cabeza.

–Ahora relájate –le ordenó él.

Como si pudiese relajarse en su presencia.

Alexis no supo durante cuánto tiempo, pero Leandro hizo magia con sus dedos. Otra vez.

–Se te da muy bien –admitió con voz ronca.

–A Luca le dolía mucho la cabeza cuando estaba creciendo. Se pasaba días tocando el piano, estudiando, sin dormir, y después le dolía la cabeza durante varios días. Era muy duro verlo sufrir, así que aprendí un par de técnicas para ayudarlo.

Cada vez que bajaba los dedos por su nuca, Alex sentía un cosquilleo. Empezó a relajarse.

–¿Y vuestros padres? –preguntó, dándose cuenta de que ninguno de los hermanos los había mencionado en su presencia.

–Mi padre no fue precisamente un padre, ni siquiera un ser humano decente, y nuestra madre... tenía sus propios problemas.

–¿Y Antonio?

–Antonio pertenece a la vieja escuela. Pensaba que Luca fingía para llamar la atención y le decía que tenía que ser más duro.

–¿Y tú no?

—Yo sabía lo mucho que sufría Luca. Tenía que hacer algo.

Alex abrió los ojos y se encontró con la penetrante mirada gris de Leandro.

La camisa blanca contrastaba con la piel morena de su cuello. Si lo tocaba, Alex sabía que estaría muy suave. Se agarró con fuerza a los brazos del sillón.

Vestido de manera informal, su aspecto tendría que haber sido más cercano, pero no. Su mirada seguía siendo igual de segura y autoritaria.

Estaba tan lejos de su alcance como siete años antes.

—¿Cuántos años tenías? —le preguntó ella, consiguiendo centrarse en la conversación.

—Catorce.

Con catorce años se había preocupado por el dolor de su hermano.

Otra pequeña faceta de una personalidad que Alex seguía sin conocer.

—Háblame del accidente —le pidió él.

Y le fue haciendo preguntas concretas a las que Alex respondió. Le habló de las semanas que había pasado en el hospital, de cómo había llorado Izzie al verla allí, de que no sabía si recuperaría el movimiento de la mano izquierda.

Él se la levantó y estudió las cicatrices, se las acarició.

—Se me aplastó en el accidente, pero dicen que con rehabilitación podrá mejorar.

Intentó apartarla de la de él, pero Leandro se la sujetó.

—¿Qué fue lo más duro?

Ella estudió sus manos unidas, tragó saliva. El tono cariñoso de Leandro y sus caricias le hacían desear cosas que ni siquiera podía definir.

–La comida del hospital.

Leandro sonrió y todo su rostro se iluminó.

Era la primera vez que Alex lo veía reír, siempre había pensado que era un hombre muy serio.

–¿Isabella es como tú? ¿Fuerte y testaruda?

Ella asintió.

–En realidad lo más duro fue el papeleo para la aseguradora, pero Justin me ayudó mucho con ello.

Leandro se puso tenso de repente.

–¿Quién es Justin?

–El hermano de mi amiga Emma.

–¿Un buen amigo?

–El año pasado salimos un par de veces –admitió ella, recordando lo difícil que le había resultado aceptar la ayuda de Justin sabiendo que le gustaba... y que no era recíproco.

No obstante, sus padres, que conocían a Justin desde hacía mucho tiempo, ya habían empezado a planear la boda.

–Entonces, ¿es tu novio? –preguntó Leandro, poniéndose en pie y colocándose detrás de ella para seguir masajeándole la frente.

Ella lo miró y vio que tenía el ceño fruncido.

–A Izzie también le gusta –comentó, repitiendo las palabras de su madre.

–¿Y a ti, Alexis? ¿Te gusta?

–Justin le gusta a todo el mundo y yo me di cuenta el año pasado de que los hombres huían de mí cuando se enteraban de que tenía una hija.

–¿Qué quieres decir?

–Emma decidió que tenía que volver a salir con hombres y me apuntó a una página web, pero, al parecer, las madres solteras no tienen derecho ni a una primera cita. Por suerte, Justin me demostró que no soy una apestada.

–Entonces, ¿tienes pocas emociones en tu vida?

–¿Lo contarás como un punto en contra si te digo que sí?

–¿Un punto en contra? ¿Para qué?

–Para la prueba que me estás haciendo pasar para evaluar mi credibilidad como madre y tutora de Izzie antes de asignarle una cantidad de dinero.

Él se echó a reír y a Alex le encantó el sonido.

–Me estás insultando. Das a entender que me importa más el dinero que el haber descubierto que tengo una hija.

–Yo no he dicho eso –lo contradijo Alex–. No tengo ni idea de la clase de hombre que eres, Leandro. Solo sé cómo me has tratado. Así que no he pretendido insultarte.

–Tenemos mucho que aprender el uno del otro.

–¿Tú crees? ¿Me responderás si te hago alguna pregunta?

Él sonrió y Alexis se quedó en blanco. Le ocurrió como cuando Izzie la abrazaba, como cuando olía a café por las mañanas.

–¿Ha sido muy duro? ¿Hacerlo todo tu solo? –inquirió.

De repente, había tensión en el ambiente. Alex contuvo la respiración.

–Desde que tengo memoria, me he preocupado

por Luca y, después, por Valentina. Me refiero a su salud mental y a su felicidad, no a cosas materiales como su seguridad, su dinero... Por no hablar de...

—Así que tuviste que crecer demasiado deprisa.

Leandro se encogió de hombros, como si aquello no fuese importante.

—Hice lo que cualquiera habría hecho. No podía permitir que Luca y Valentina sufriesen por culpa de las negligencias de nuestros padres.

—¿Y no te gustaría haber podido ser más libre y temerario?

—Lo dices como si a ti sí que te hubiese gustado ser más temeraria —la provocó él.

Alex se quedó pensativa.

—¿O es que el hecho de haber tenido a Isabella te impide serlo ahora?

Alex apartó la mirada. Cada vez entendía menos a Leandro. Y lo deseaba más.

—Antes del accidente, lo que tenía era más bien la sensación de no disponer ni de un segundo para respirar. Entre el día a día en la tienda, Izzie que se ponía enferma. Y si no era Izzie, le ocurría algo a mi padre. Y si no era él, me preocupaba por las cuentas...

Espiró.

—Después del accidente, sí, ha sido muy duro. Y no solo por los ataques de pánico.

—¿Ataques de pánico? ¿Ha presenciado Isabella alguno?

—No. Es solo que recuerdo fragmentos del accidente y siento que pierdo el control de mi vida. Me ha ocurrido un par de veces. Fue lo que me hizo decidir que tenía que asegurar el futuro de Izzie.

Ni siquiera con Emma había hablado con tanta sinceridad, y hacerlo con Leandro la ayudó a hacer las paces con todo aquello. Se preguntó si Leandro pensaba que podían llegar a ser amigos.

Sonaba bien, aunque ella sabía que no le sería posible.

Él metió las manos por debajo de su camiseta y le masajeó los hombros. Alex gimió y se derritió por dentro.

Hacía mucho tiempo que no la tocaban unas manos tan fuertes y masculinas, y eso hizo que fuese consciente de su propia fragilidad.

Sin poder evitarlo, giró la cabeza hacia la mano de Leandro, frotó su mejilla contra la muñeca de este.

Imaginó aquellas manos por todo su cuerpo...

Y entonces volvió a la realidad y se incorporó hacia delante.

—Gracias, ya estoy mucho mejor —le dijo.

—¿Estás enamorada del tal Justin, Alexis? —le preguntó él.

—¿No pensarás que he venido a Italia para deshacerme de Izzie y poder estar con un hombre?

Leandro apretó la mandíbula, la agarró por la muñeca y la acercó a él.

—No, aunque te resulte sorprendente, me parece que eres una madre excepcional y...

Aquel hombre la ponía furiosa.

—¿Y por qué va a parecerme sorprendente? ¿Acaso es imposible que sea una buena madre solo porque tuve sexo contigo? Si esa es la actitud que vas a tener con Izzie acerca de su madre...

Él le tapó la boca con la mano y Alex sintió calor.

—Jamás te faltaré al respeto delante de Isabella. Me he expresado mal.

—Valentina me dijo que había llegado en mal momento —dijo ella, acordándose del comentario de su amiga—. Hace siete años y ahora. ¿A qué se refería? ¿Qué había ocurrido hace siete años, cuando nos conocimos?

—Eso es irrelevante, Alex.

—¿Quieres decir que no es asunto mío? Es una buena manera de ponerme en mi sitio, Leandro, pero te informo de que desde hace seis años lo que importa ya no soy yo.

—Mi esposa... —empezó él.

—¿Tu esposa? Dios mío, ¿estabas casado?

—¡No! Jamás habría... No, hacía poco tiempo que había fallecido... cuando nos conocimos.

—¿Cuánto tiempo exactamente?

—Hacía un mes aquella noche.

Un mes... A Alex le costó respirar.

Hasta que lo miró a los ojos y se dio cuenta de que Leandro se odiaba a sí mismo por ello.

—Rosa murió después de una larga lucha contra el cáncer y yo lo olvidé todo en unas semanas.

Alex sintió vergüenza, se llevó las manos a los ojos.

—Si hubieses sido el santo que dice tu hermana que eres, no te habrías acercado a mí, no me habrías tocado.

—¿Piensas que no lo intenté? —inquirió él, enfadado—. Desde que te vi... *¡Maledizione!*

La agarró de los brazos con fuerza, la apretó contra su pecho. Y Alex sintió su cuerpo despertaba. De una manera terrible, violenta.

–Desde que te vi diciéndole a Tina que no fuese una niña mimada y llorona, desde que te vi reír con Luca... no pude dejar de pensar en ti –admitió Leandro, acariciándole el rostro con la mirada.

También pasó los dedos por su barbilla, y Alex se preguntó si estaría recordando o si todavía la deseaba.

–Rosa estuvo enferma tres años. Durante los interminables ciclos de quimioterapia, jamás miré a otra mujer. No tuve la necesidad.

Respiró hondo.

–Pero cada vez que te miraba a ti, lo veía en tus ojos. Te sentías atraída por mí. Cuanto más intentaba yo no estar en casa, más iba por allí. Cuanto más me decía que me alejase de ti, más me acercaba.

«Déjalo estar, Alex», se advirtió, pero volvió a preguntar:

–¿Me estás diciendo que yo me busqué que me hicieses daño? ¿Que no merecía ni una pizca del respeto que sentías por tu esposa? ¿Que me merecía que se acostasen conmigo y me diesen la patada...?

Él la acalló poniendo un dedo en sus labios.

–No teníamos futuro. No había nada entre nosotros. Ni siquiera una aventura. Y me comporté como me comporté para que lo entendieras.

–Habría preferido saber que no eras un cerdo despiadado que utilizaba a las mujeres. Habría preferido que me tratases como a una persona. Habría preferido saber que estabas de luto, que...

—¡No, Alexis! No me hagas parecer lo que no soy.

—Me sorprende que seas tan arrogante que quieras decirme lo que debo o no debo pensar de ti, Leandro —replicó ella—. ¿Qué es lo que te da tanto miedo? ¿Que piense que en realidad tienes conciencia? ¿Que pueda pensar que te gustaba y que me deseabas aquella noche tanto como yo a ti? ¿Que hubo una conexión entre ambos que hizo que rompieses todas tus reglas?

Leandro apretó la mandíbula. Inclino la cabeza ligeramente, como si hubiese entendido algo de repente.

La miró de manera implacable. Alex vio cómo poco a poco volvía a encerrarse en sí mismo.

Y se estremeció.

—Lo que hice fue traicionar a Rosa. No calculé el efecto de un celibato prolongado, en especial, teniendo delante una tentación irresistible. Vi cómo mi esposa se iba consumiendo mes a mes y tú... tú eras todo lo que ella ya no había podido ser.

Suspiró.

—Eras alegre, bella, estabas llena de vida.

Hizo un breve silencio.

—Abrazarte, tocarte fue... como recibir un chute de adrenalina en el corazón.

Leandro cerró los ojos.

—Me dejé llevar por un deseo animal. Si no hubiese ocurrido contigo, estoy seguro de que habría habido otra persona antes o después.

Nada más decir aquello, Leandro supo que había cometido un error.

Alexis palideció y fue como si acabasen de apagar las luces en una habitación.

Aquella mujer lo volvía loco. Leandro había echado por tierra toda su estrategia solo para tranquilizarla, para demostrarle que podía ser comprensivo y sensible, que podía ganarse su confianza.

No quería que Alex se hiciese ilusiones. Él era exactamente como ella había dicho: insensible, arrogante, y estaba acostumbrado a conseguir siempre su objetivo.

No obstante, Alexis siguió mirándolo a los ojos, no se encogió tras oír aquel cruel resumen de su noche juntos.

—¿También vas a mirar a Izzie como si fuese el símbolo de tu traición? Porque te prometo, Leandro... No permitiré que te acerques a ella si lo haces.

Él se quedó mudo y se limitó a mirarla, sorprendido por su fuerza.

¿Cómo sería poseer a una mujer como aquella? ¿Hacer que canalizase tanta intensidad, tanta pasión, hacia él?

Si su madre hubiese sido igual de fuerte tal vez todo habría sido diferente. Quizás él hubiese podido tener la niñez libre de preocupaciones, temeraria, de la que Alex había hablado. Quizás hubiese sido más sensible.

Quizás...

Se maldijo. Aquello no tenía ningún sentido.

Era el hombre que era, para bien o para mal, pero Alexis se merecía una explicación.

—Durante años, Rosa quiso un hijo, pero no pudimos concebirlo. Cuando me hablaste de Isabella, solo pude pensar en ella, en que era cruel, incluso para su recuerdo, que yo tuviese un hijo con otra mujer a la que había hecho mía en un momento de locura. Jamás haré responsable de mi falta de juicio a una niña inocente.

—No, solo me vas a hacer responsable a mí —respondió Alex con frialdad—, porque participé en la traición. Gracias por dejármelo claro.

Y salió de la cabina principal como una reina.

Él deseó seguirla, abrazarla y decirle que solo estaba asqueado consigo mismo, que a ella la consideraba inocente también. Y que, por mal que se sintiese, jamás podría olvidarla.

Pero, al menos así, Alexis sabría a qué se exponía.

Porque, por mucho que él se resistiese, solo había una manera de formar parte de la vida de su hija.

Había estado preparado para casarse con Sophia, y le daba igual una mujer que otra con tal de conseguir su objetivo. Habría sido más sencillo mentir, pero a Leandro no le gustaba fingir que sentía lo que no sentía.

Capítulo 5

DESDE que se había enterado de que tenía una hija, Leandro había intentado imaginar cómo iba a sentirse. Al fin y al cabo, había criado a Valentina a todos los efectos.

Pero al ver a la niña mirándolo con aquellos ojos grises, curiosa y reticente al mismo tiempo, se le encogió completamente el corazón.

Hacía aproximadamente una hora que habían llegado a la pequeña casa de los padres de Alexis.

La tensión había reinado en el ambiente desde que esta lo había presentado. Los Sharpe eran demasiado educados para decirle nada a la cara, no como su abuelo Antonio, que había sido muy brusco con ella, pero era evidente que tenían sus dudas. Y miedo. A Alexis se le había olvidado contarle que había ido a verlo en contra de los deseos de sus padres.

Después de media hora muy incómoda, los padres se habían marchado a ver a unos amigos y Leandro había podido volver a respirar.

Fiel a su palabra, no se había acercado a Isabella, pero la espera le había resultado dolorosa mientras oía, desde el sofá del salón, hablar a Alexis y a la niña en la cocina.

Hasta que las dos salieron y la pequeña se acercó a él con curiosidad.

–Mamá dice que eres mi papá.

Leandro se aclaró la garganta, incapaz de articular palabra.

–Dice que erais amigos y luego ya no. ¿Por eso no has venido a verme antes? –le preguntó ella, mirándolo a los ojos–. No pasa nada. Yo también me peleo con mi amigo Sam. Mamá dice que, después de una pelea, los amigos hacen las paces. ¿Has hecho las paces con mamá?

–Sí –respondió él–. Hemos hecho las paces.

–Izzie, cariño –interrumpió Alexis–. Recuerda que ya te había dicho que papá vive en Italia y nosotras...

–Se lo puedes contar a tus amigos, Isabella –añadió Leandro, viendo apretar los labios a Alexis, pero haciendo caso omiso–. Tal vez hasta pueda conocer a tu amigo Sam mañana. ¿Qué te parece?

–¿Podemos ir a jugar a la pelota con ellos?

Leandro deseó abrazarla, le picaron los ojos, pero se controló.

–Podemos. Aunque es tu tío, Luca, al que mejor se le da jugar a la pelota de toda la familia.

La niña esbozó una encantadora sonrisa. Y a Leandro se le cortó la respiración. Era la sonrisa de Alexis.

–¿Tengo un tío?

–Un tío, una tía y un *bisnonno* en Italia.

–¿Qué es un *bisnonno*?

Antes de que le diese tiempo a responder, Isabella lo agarró de la mano y tiró de él.

–¿Te enseño mi nuevo puzle? ¿Vas a quedarte? Solo tenemos tres habitaciones, pero te dejo la mía. Salvo que quieras dormir en la de mamá, ahora que sois amigos otra vez.

Él se echó a reír.

–No, corazón, no puede quedarse aquí –intervino Alex enseguida.

–¿Por qué? –preguntaron Isabella y él al unísono.

Alexis no dejó de sonreír.

–Nuestra casa es demasiado pequeña, pero hay muchos hoteles de lujo en Brooklyn.

–Voy a quedarme aquí, Alexis –dijo él, levantándose y siguiendo a su hija mientras un par de ojos marrones lo miraban con censura, curiosidad y un millón de preguntas más.

–No es tan mala idea que Izzie pase el verano con los Conti en Italia, Alex, así los conocerá y tú podrás tomarte un descanso –le había dicho su padre aquella mañana.

–Te advertimos que no fueras a Italia. ¿Qué es lo que te preocupa ahora? Él está siendo bastante razonable –había añadido su madre.

Lo que le molestaba era que sus padres hablasen de él como si fuese el hombre perfecto mientras que jamás habían aprobado una decisión de su propia hija.

Estaba haciendo el inventario en la tienda, sudando porque se había estropeado el aire acondicionado y, con todas las facturas que tenía del hospital, no podía permitirse arreglarlo.

Estaba agotada, pero prefería seguir trabajando a volver a casa y encontrarse con él.

Le había dolido mucho oírle decir que lo que había tenido con ella, habría podido ocurrir con cualquier otra.

Había sido un hombre dedicado a su esposa y Alexis no podía quitarse aquello de la cabeza, porque significaba que estaba equivocada acerca de todo lo que había pensado de él.

Solo al verlo con Izzi había recordado el motivo por el que este estaba allí.

Solo de pensar que iba a dormir en el dormitorio de al lado, sabía que no podría conciliar el sueño.

Parecía formar parte de la casa y que siempre había desempeñado el papel de padre.

Había mostrado devoción por Izzie, se había manchado las manos para ayudar a su madre en el jardín, y había contratado a varias personas para realizar trabajos que había pendientes en la casa.

Para sus padres, había pasado de ser un desconocido al que veían con recelo a ser el hombre perfecto.

Y Alex lo odiaba por ello.

Estaba agachada, luchando con un rollo de cinta adhesiva cuando oyó a sus espaldas:

—¡Alexis!

Antes de que le diese tiempo a reaccionar, unas manos fuertes la agarraron por debajo de los brazos y tiraron hacia arriba.

En cuanto estuvo levantada, la presión de aquellas manos se hizo más suave y ella dejó de respirar.

Deseó que aquellos dedos la acariciaran. Supo

que si retrocedía un paso su cuerpo tocaría el pecho fuerte y masculino que tenía detrás.

Se dijo que aquel hombre estaba comprometido con otra mujer. ¿Por qué su cuerpo no entendía aquello?

El deseo hacía que le ardiese la garganta, que le temblasen los músculos, que le picase la piel. No se atrevió a moverse por miedo a tocarlo más.

—Suéltame, Leandro —le pidió con voz ronca—. Estoy toda sudada.

Pero él en vez de soltarla se acercó más y la envolvió con su calor. Su olor la embriagó.

—No hasta que me digas qué estás haciendo.

—Trabajar. No podemos estar todos pendientes de ti —replicó ella, arrepintiéndose al instante.

Leandro intentó hacer que se girase, pero ella se resistió. No quería mirarlo sintiéndose tan vulnerable.

Cerró los ojos e intentó calmar su respiración.

—No deberías estar tirando de esas cajas, todavía no tienes bien la mano.

—He tenido cuidado con mi mano izquierda.

—¿Y si te haces daño en la derecha?

—Sé cuidarme sola, Leandro.

—Pero necesitas ayuda. En especial, en la tienda.

—Olvidas que he estado ocupándome sola de mis padres, de Izzie y de la tienda. No necesitamos tu ayuda. No es por eso por lo que te he pedido que vengas.

Él murmuró algo en italiano antes de que Alex se girase a mirarlo.

Parecía confundido.

–¿Por qué estás siempre a la defensiva? Sé que solo viniste a verme por el bien de Isabella y... me alegro de que lo hicieras. Cualquier hombre que no cumpla con su deber no merece ni el aire que respira. Le he pedido a tu padre que llame al gerente que solía ayudaros en la tienda, para que venga a tiempo completo. Y mi agente inmobiliario está interesado en el negocio.

–Ahora mismo no puedo permitirme pagar a nadie –replicó Alex con la mandíbula apretada–. Y no tengo intención de vender la tienda.

Leandro ni se inmutó.

–He hecho una transferencia a tu cuenta. Será de ayuda hasta que el negocio vuelva a ser completamente rentable.

Alex se preguntó cómo podía ser un tipo tan arrogante y testarudo. ¿No se daba cuenta de que no quería nada personal con él?

–No voy a aceptar tu dinero.

–¿Por qué no?

–¿Por qué debería hacerlo?

Él la miró como si fuese tonta.

–Porque yo tengo dinero y tú lo necesitas.

–No sé a qué estás jugando o qué estás intentando demostrar. ¿Es eso? ¿Quieres que mis padres cambien el modo de verte? ¿Tu monumental ego no soporta que alguien piense mal de Leandro Conti?

–Solo intento ayudarte. No me gusta saber que has tenido tantas dificultades durante estos años. Yo tenía que haberte ayudado.

La mirada de Leandro era de culpabilidad.

–Pues no quiero tu ayuda. ¿No te basta con ser el

dueño de medio país, también se te tienen que dar bien la jardinería, las chapuzas y un millón de cosas más? Solo te falta ponerme el cartel de incompetente y ya lo habrás hecho todo.

Leandro se dio cuenta de que no comprendía en absoluto la complejidad de Alexis. Una conversación con ella era como lidiar con cien Lucas y Valentinas en sus peores días.

Desde que habían hablado de aquella noche, siete años antes, había sido como si apareciese un muro entre ambos.

Salvo cuando estaban los dos con Isabella. Entonces, Alexis sonreía y se atrevía a mirarlo a los ojos.

Leandro se había dado cuenta enseguida de la responsabilidad que recaía sobre ella y de que era demasiado para una sola persona.

A él no le había costado mucho esfuerzo ganarse a sus padres al demostrarles que realmente pretendía cuidar de Isabella, pero Alexis estaba empezando a comportarse de manera extraña. Cuanto más se abrían a él sus padres y su amiga Emma, más se cerraba ella.

Y lo peor era que la desconfianza de Alex le estaba afectando. Cuanto más lo despreciaba ella, más deseaba Leandro que lo aceptase.

No solo quería formar parte de la vida de Isabella, sino también de la de Alexis.

En esos momentos, se le volvió a hacer aquel nudo en el estómago que no había conseguido desatar la semana anterior.

Con solo tocarla, todo su cuerpo reaccionaba. Deseaba tocarla, probarla, enterrar la nariz en la curva de su cuello y aspirar el olor de su piel.

La deseaba tanto que no lo podía controlar y eso representaba una amenaza para su plan.

Cuando Justin, el amigo de Alexis, había ido a verla y la había abrazado, Leandro había deseado separarlos y colocar a Alexis detrás de él para que no volviese a tocarla.

Y cuando Justin y Alexis habían reído juntos al recordar una anécdota de su niñez, él había sentido celos.

Apretó los dientes, cerró los ojos y contó hasta diez.

No podía desearla más.

Se dijo que sería su esposa, que sería suya, que la protegería.

Que la tendría en su cama, en su habitación, en su vida. Que podría tenerla cuando quisiera, hasta que se le pasase aquella locura. Hasta que se quedase satisfecho. Hasta que se acostumbrase a aquel febril deseo que sentía por ella.

Hasta que pudiese mirarla y sentir solo la satisfacción de saber que había hecho lo correcto.

En el fondo, Alexis era como él. Había sido madre muy joven, pero era evidente que lo había hecho muy bien. Se había ocupado de todo lo que tenía a su alrededor en detrimento de su propio bienestar.

A partir de entonces, él iba a cuidar de ella, como había cuidado de Rosa.

Alexis vería que podía ser un buen padre y no querría nada más.

Podrían tener un matrimonio tranquilo, sin las complicaciones de las emociones. Cuando la atracción que había entre ambos se apagase, tendrían más hijos. Y entonces serían dos padres unidos por sus hijos.

¿Acaso no había sido aquella la única condición que había puesto cuando Antonio le había impuesto a Rosa? Que fuese una mujer que quisiese a sus hijos, una esposa tranquila, que lo apoyase.

Alexis necesitaba su fuerza, lo mismo que la había necesitado Rosa, pero de manera distinta. Necesitaba que la protegiese de sí misma.

Y, con aquello en mente, Leandro consiguió controlar el deseo que sentía por ella.

—Alexis —le dijo en tono tranquilo—, explícame por qué piensas que ofrecerte mi ayuda es llamarte incompetente. Por qué está mal que intente tranquilizar a tus padres con respecto a mis intenciones con Isabella.

—Ese es precisamente el problema —respondió ella, levantando la barbilla—. Solo llevas aquí dos semanas y ya te adoran. Es como si todo lo que yo llevo intentando hacer una década no contase. Casi como si yo... no contase.

Una ternura desconocida hasta entonces lo asaltó. Siempre había sido protector con las personas que tenía cerca, pero nada lo afectaba tanto como las lágrimas de Alexis.

Que esta lo mirase a los ojos incluso con estos llenos de lágrimas era de una belleza... indescriptible.

La abrazó y, a pesar de estar muy tensa, Alexis se dejó abrazar, se dejó reconfortar.

—Alexis —le dijo él, intentando sonar comprensivo—. Dime qué es lo que te molesta y lo arreglaré.

Ella apoyó la frente en su pecho, exhaló despacio.

—Por una vez, no puedo odiar tu arrogancia, Leandro. Ojalá pudieses arreglarlo.

Él sonrió y le acarició las sienes.

—No sabes lo que soy capaz de hacer, *cara*. Te has vuelto a pasar la noche sin dormir, ¿verdad?

—Lo echo de menos —sollozó ella—. Lo hecho tanto de menos.

—¿A quién? —preguntó Leandro sorprendido.

—Vas a pensar que soy la persona más horrible del mundo.

—¿Desde cuándo te importa mi opinión, Alexis? —le preguntó él.

Tal y como Leandro había esperado, ella se puso recta, una vez más en modo combativo.

—Es verdad, no me importa. Me refiero a mi hermano, Adrian.

Él se sintió aliviado. No le habría gustado oír hablar de un amante.

—No sabía que tuvieses un hermano.

—Murió cuando yo tenía diecisiete años. Te habría caído muy bien. Era encantador, inteligente, guapo, bueno... sobresalía en los estudios, en los deportes. No había nada que Adrian no hiciese bien.

Alexis suspiró.

—Lo habría odiado por ser su favorito si no me hubiese querido tanto. Yo era todo lo contrario, no era buena en nada. Nunca me entendí bien con mamá y con papá... y Adrian siempre hizo de intermediario. Cuando falleció...

Se limpió los ojos casi con las muñecas, como hacía Isabella.

–No solo nos quedamos destrozados –continuó–, sino que yo sentí que ya nada me unía a ellos. Había días en los que deseaba haber muerto en su lugar.

–¡*Dio*, Alexis! Estoy seguro de que tus padres no lo deseaban.

–No, probablemente no –admitió ella, apartándose–. Siempre he intentado ser una buena hija, pero... no soy él. Y al verlos tan felices con todo lo que tú haces... Estoy segura de que les recuerdas a él. Y que piensan en lo diferente que habría sido la vida si él siguiese vivo.

Hizo una breve pausa.

–Y yo no puedo enfadarme con ellos porque lo piensen, porque es verdad. Casi arruino la tienda con mis ideas, me quedé embarazada con veinte años y... ahora, con el accidente, no he traído más que problemas.

Él se preguntó si nadie le había dicho que todo aquello no era culpa suya, que estaba siendo más fuerte y valiente que cualquier otra mujer en su misma situación. ¿No se daba cuenta de que los que se habían equivocado al compararla con su hermano fallecido eran sus padres?

Leandro deseó compartir con Alexis la imagen que tenía de ella. Y entendió por fin su comportamiento.

Alexis estaba acostumbrada a cuidar de todo el mundo a su alrededor, a anteponer las necesidades de los demás a las suyas.

Había llegado el momento de que alguien le quitase semejante peso de los hombros. Y lo iba a hacer él. Aunque tuviese que manipularla.

–Ojalá mi madre hubiese luchado por nosotros como has luchado tú por Isabella –le dijo.

Ella lo miró sorprendida, boquiabierta.

–No sé... qué decir.

–Tienes que aprender a aceptar mi ayuda.

Ella se limpió los ojos con el dorso de la mano y lo fulminó con la mirada.

–¿Has escuchado todo lo que te he dicho?

–Todo lo que estoy haciendo, lo hago para que puedas respirar tranquila cuando vengas conmigo a Italia. Para que no tengas que preocuparte por la tienda ni por ellos. Se merecen algo más que preocuparse por tu salud y por la seguridad de Izzie. Se merecen ese viaje que llevan siglos planeando.

–¿Cómo sabes que quieren ir a Australia?

–Tu madre me ha enseñado el folleto.

Alex volvió a sentirse mal. Sus padres no podían hacer el viaje porque había muchas facturas que pagar.

Apoyó la frente en la puerta del armario.

Se sentía igual que cuando había fallecido Adrian.

«Incapaz, incompetente, inútil para todo el mundo».

Sintió ganas de llorar.

–No sé qué hacer. He intentado que todo fuese bien, pero...

–Deja que te ayude. Hasta ahora, lo has hecho todo tú sola, pero ya no hace falta.

–¿Pretendes que te deje las riendas sin más?

–No, solo quiero que descanses para que Izzie no tenga que preocuparse por ti.

–Deberías haber hablado conmigo antes de poner a mis padres de tu parte. ¿Por qué no me preguntas, en vez de decidir que voy a ir contigo a Italia?

–¿Es esto una guerra de voluntades, Alexis? Yo te propongo que vengas para que Isabella pueda pasar tiempo con mi familia y también para que tú puedas recuperarte antes. Si no, vas a transmitirle todo el estrés a la niña. Y yo, sabiendo cómo están las cosas aquí, no puedo marcharme sin más.

–Deja de hablar como si la vida de Isabella fuese inestable –protestó Alex con un nudo en la garganta.

–Inestable, no, pero es evidente que el accidente lo ha complicado todo.

Era la misma conclusión a la que había llegado Alex, pero le dolió oírlo de labios de Leandro.

Se preguntó por qué deseaba tanto demostrar lo que valía ante él. ¿Por qué le importaba su opinión?

–¿Y tu boda?

–¿Qué?

–Luca me dijo que el padre de tu prometida quería que os casaseis en verano.

La mirada de Leandro se volvió furiosa al oír mencionar a su hermano.

–¿Has hablado con Luca?

–Me ha llamado para saludar a Izzie y, sí, hemos estado charlando un par de veces. No pienso que debas estar aquí justo antes de la boda. Lo último que quiero es que tu futura esposa o su familia traten a Izzie como me han tratado a mí.

–No lo harán.

–¿Y qué pasará conmigo?

–Nadie te hará daño, *cara*.

–Ya me estoy imaginando los titulares –comentó ella en tono burlón, intentando que no se le notase lo mucho que le preocupaba aquella boda–. La madre soltera del hijo de Leandro Conti acude como invitada a su boda con la heredera...

Él sonrió y su rostro se transformó completamente. Era de una belleza impresionante.

–Te aseguro que te protegeré, Alexis.

–Gracias, pero no. Ya vi cómo salías en mi defensa cuando Antonio...

–Estaba en shock y tú lo hiciste callar enseguida. Como nadie lo había hecho jamás. Te prometo que nadie te dirá nada.

–¿Cómo puedes garantizarme eso? Imagino que tendréis un millón de invitados y que todos se preguntarán quién soy. Y yo no soportaré ser el centro de las habladurías. Por no mencionar que seré un obstáculo cuando tu esposa y tú y tu familia y...

–Entonces, ¿prefieres que Izzie venga sola conmigo? –la interrumpió Leandro.

–¡No! Es demasiado pequeña. Y sigues siendo un extraño para ella.

Al parecer, a Leandro le gustó su respuesta.

–En ese caso, solo hay una solución. Me gustaría pasar más tiempo con Isabella.

–Pero yo...

–¡*Dio*, Alexis! –exclamó él con impaciencia–. Nadie dirá nada porque no va a haber boda.

Capítulo 6

NO IBA a haber boda.

Alex no entendió que aquella noticia pudiese seguir afectándola tanto. Habían pasado cuatro días.

Cuatro días en los que, sin saber cómo, había dejado que Leandro y su familia la convenciesen para que pasase el verano con los Conti, en su casa del lago Como.

Había un nuevo gerente para la tienda y sus padres iban a pasar las vacaciones en Australia, tal y como habían planeado antes del accidente de Alex.

Todo lo relacionado con su seguro médico estaba en manos de un abogado contratado por Leandro. Incluso se había refinanciado la hipoteca de sus padres con la ayuda de este. Y tanto ella como Isabella tenían el visado necesario para ir a Italia.

Abrumada por los acontecimientos, Alex se había escondido en la habitación de Izzie, bajo el pretexto de hacer la maleta, y allí había enterrado la cabeza entre las rodillas para intentar escapar de la sensación de estar perdiendo el control de su vida.

Leandro había cumplido su palabra de cuidar de Izzie y, no obstante, el viaje a Italia se había organizado tan rápidamente que Alex no podía evitar estar nerviosa.

Lo que necesitaba era recuperar la calma y dejar de darle vueltas a la noticia de que Leandro no iba a casarse. Este no le había explicado el motivo.

«Ese matrimonio ya no me conviene», era lo único que le había dicho en tono frío y calculador. Y ella, inmersa en una avalancha de emociones indeseadas, no le había hecho más preguntas.

Todas sus preocupaciones acerca de Izzie y de su futuro se habían calmado, pero Alex seguía sin poder dormir bien.

Lo que la ponía nerviosa era saber que Leandro era libre. Y reconocer que la atraía cada vez más.

Por si fuese poco, sabía que era un hombre honesto, cuya mirada se enternecía cuando hablaba de su difunta esposa, y que si la había rechazado siete años antes de manera tan brusca había sido porque había sentido que la traicionaba a esta y a su familia. Porque la familia y la responsabilidad eran muy importantes para él.

Aunque a Alex le fastidiase que Leandro se hubiese ocupado de todo con tanta eficiencia, también le resultaba difícil no disfrutar de la sensación de que alguien cuidase de ella.

Le resultaba difícil no tomárselo de manera personal.

No quería desear tanto a Leandro.

No quería caer en aquella trampa e imaginar que podían tener una relación. Se merecía algo mejor que un hombre para el que había sido una traición, que toleraba su presencia solo por el bien de su hija.

Por suerte, en los últimos días no había estado a solas con él y, en el avión, cuando Izzie se había dormido, ella había puesto el pretexto de que estaba cansada, y era cierto, para retirarse a la cabina trasera del avión, a descansar.

Un par de horas después, cuando Leandro se sentó a su lado en la estrecha cama, a Alex se le aceleró el corazón.

Su presencia le resultó extraña y reconfortante al mismo tiempo. Él tomó su mano con cuidado y le acarició las cicatrices.

No fue una caricia en absoluto sexual, pero Alex se excitó.

Se había dado cuenta de que Leandro no era una persona dada a tocar a los demás, mucho menos a ella, con la que siempre medía sus movimientos.

Incapaz de contenerse ni un minuto más, Alex se giró y abrió los ojos.

La suave luz de la cabina acariciaba la nariz aquilina y los pómulos marcados de Leandro, suavizaba el gesto austero de sus labios. Ella sintió calor.

—No deberías estar aquí —le dijo en un susurro, sin conseguir parecer enfadada—. No hace falta que me toques si Izzie no está.

Tuvo la sensación de que a él le brillaba un instante la mirada.

—No pensaba que fuese nada raro.

—¿Esperas que piense que vas por ahí tocando a mujeres a las que casi no conoces? —dijo ella, con la nariz pegada a su muslo.

—¿No te parece que tener una hija en común hace

que haya entre nosotros cierta confianza? ¿Que eso nos une, por mucho que queramos evitarlo?

Sus dedos calientes subieron por su brazo hasta detenerse en la barbilla, después se enterraron en su pelo y la peinaron. Alex cerró los puños con fuerza.

—No —consiguió responder—. La confianza y la amistad son derechos que hay que ganarse. Tú y yo... somos dos extraños con una hija en común. Que te acostases conmigo hace siete años no te da derecho a nada ahora.

Él cerró la mano que tenía enterrada en el pelo de Alex, no le hizo daño, pero ella levantó la barbilla y le pareció que la mirada de Leandro se volvía un tanto salvaje.

—Qué palabras tan feas de unos labios tan bonitos, *cara*.

Y Leandro relajó la mano y su gesto volvió a ser educado.

—Algo parecido me dijiste tú a mí.

—Con respecto a nuestros derechos, tu bienestar afecta directamente a mi hija. Y eso significa que puedo intervenir si pienso que necesitas ayuda. Me dijiste que estabas durmiendo mejor, pero me mentiste. Y no me gusta oír miedo ni ansiedad en tu voz.

Le acarició la mejilla y ella se preguntó por qué lo hacía, si acababa de decirle que no la tocase.

—¿Te doy pena, entonces? —le preguntó, intentando apartarse, sin éxito—. ¿Te da pena no poder evitar que tenga miedo, que esté estresada?

Él pasó la mano por su nariz, por la boca. A Alex se le aceleró el corazón, le ardió la sangre.

–Pareces enfadada, Alexis. Es la primera vez que conozco a una mujer que no aprecie las ventajas relacionadas con mi apellido y mi riqueza. ¿Te enfadas conmigo porque resuelvo tus problemas? ¿Te molesta que Isabella me interese más de lo que tú quieres?

Hizo una pausa.

–¿O es que todavía te sientes atraída por mí?

–No hagas suposiciones acerca de mi persona.

–No hago suposiciones, tienes el pulso muy rápido –contestó él, tocándole el cuello–. Se te ha acelerado la respiración y te has puesto tensa.

Le masajeó los hombros.

–Y te erizas como un gato cada vez que me acerco.

–Que me sienta atraída por ti no significa que esté dispuesta a nada. No voy a aliviar tus anhelos mientras juegas a ser padre este verano. No soy el premio de consolación por haber roto tu compromiso.

–¿Jugar a ser padre? –inquirió él en tono amenazante.

–¿No es eso lo que estás haciendo?

–Te aseguro que no, Alex. Pretendo cuidar de Isabella. Pretendo ser para ella un padre de verdad. Si no hubiese sido por mí, Luca y Tina habrían estado abandonados. Y no voy a permitir que eso le ocurra a Izzie.

–Izzie está muy bien cuidada.

–Pero es importante que tenga un padre, ¿no? Y no solo en verano. Cuanto antes lo aceptes, mejor. Tampoco estoy dolido por la ruptura de mi compromiso. Mi matrimonio con Sophia era solo una alianza comercial. La ruptura del compromiso traerá consecuencias con las que estoy dispuesto a lidiar. La familia es más importante que el negocio. Para mí es lo más importante.

Las palabras de Leandro la inquietaron todavía más.

–¿Y cuando te cases de verdad? ¿Cómo sabes que tu futura mujer aceptará a Izzie? ¿Cómo puedes estar tan seguro de que no te molestará que tu vida cambie debido a la paternidad? Yo no dejé de tener vida social para convertirme en una mártir, lo hice porque ningún hombre iba a querer a Izzie como un padre. Solo Justin...

–Mírame, Alexis –le dijo él, agarrándola con fuerza de la barbilla y obligándola a hacerlo–. Mi hija ya tiene un padre. Yo. No voy a permitir que ningún hombre me la quite. Ningún otro hombre podrá ocupar ese lugar en tu vida.

–No tienes derecho a decirme que no va a poder haber otro hombre en mi vida, Leandro.

–Eres tú la que acabas de decirme que ningún otro va a querer a Izzie como si fuese suya –replicó él con frustración, levantando el tono por un instante–. Los dos queremos lo mismo para Isabella. Y hay pocas opciones para conseguirlo.

Alex lo miró sorprendida, aturdida.

Se preguntó si Leandro quería que se mudase a Italia, si estaba sugiriendo que viviesen juntos por el bien de Izzie, o si...

Ni siquiera podía pensar en la otra alternativa.

De repente, deseó estar en casa de sus padres,

con sus problemas económicos, con su madre haciendo comentarios dolorosos.

En cualquier lugar, menos allí, con aquel hombre que le había cambiado la vida.

—Uno de los dos debe de estar loco, porque no puede ser que hayas sugerido lo que he creído entender.

Leandro se encogió de hombros.

—Estoy seguro de que llegaremos a un acuerdo que nos convenga a los dos, teniendo en mente el futuro de Isabella.

Un acuerdo que les conviniese a ambos...

—Una vez en Italia, yo estaré fuera una semana. ¿Piensas que estarás bien en la casa? Antonio estará allí.

El cambio de tema de conversación alivió a Alexis. Prefería tener que lidiar con Antonio que con Leandro.

—Sí, por supuesto. Comprendo que tengas tu vida, y compromisos.

—Después de todo esto me he dado cuenta de que tengo que delegar más. Tras la muerte de Rosa, me dediqué exclusivamente a trabajar, pero ahora no quiero que Izzie se sienta desatendida.

—¿Leandro?

—¿Sí, Alexis?

—Dijiste que Rosa y tú habíais querido tener hijos, pero que no habíais podido.

—Sí.

—¿Y tú, querías ser padre?

Leandro tardó una eternidad en contestar.

—Sí, estaba preparado para ser padre.

Antes de que a Alex le diese tiempo a interiorizar aquello, él se inclinó y le dio un beso en la comisura de la boca. Ella sintió calor por todo el cuerpo, clavó los dedos en su brazo e hizo un esfuerzo sobrehumano para no girar la cabeza y profundizar el beso.

—Tú, Alexis, no eres ningún premio de consolación ni una aventura de verano.

En esa ocasión, cuando Leandro pasó las manos por su tembloroso cuerpo, no lo hizo para reconfortarla.

La tocó como un hombre tocaba a una mujer, aunque no lo suficiente.

Y sus labios se movieron para cubrir completamente los de ella.

Alex sintió tal placer que no pudo evitar gemir. Fue el sonido que ella misma había emitido lo que la hizo volver a la realidad.

—¿Piensas que voy a responder a tus insinuaciones dos minutos después de que hayas roto el compromiso? ¿Tan ansiosa piensas que estoy por volver a estar entre tus brazos?

Él no retrocedió lo más mínimo, todo lo contrario, se acercó más. Hasta que sus piernas se entrelazaron, hasta que su pecho estuvo pegado a los de ella.

Y Alex dejó de pensar en todo y se limitó a sentir. ¿Cuántas veces había soñado con un momento así en los últimos siete años?

Él le puso un dedo en la barbilla y la obligó a mirarlo.

—Estos siete años he intentado, con todas mis ganas, olvidarme de aquella noche. Fingir que jamás ocurrió, sí, pero jamás he pensado nada malo de ti –admitió muy a su pesar.

Y Alex sintió que se derretía por dentro.

–Te deseo, *cara*. Como te deseé aquella noche –murmuró Leandro, como si acabase de aceptar una derrota–. Desde que te vi entrar en ese salón, dispuesta a todo.

Ella no pudo sentirse más satisfecha.

Oír de sus labios que la deseaba hizo que se sintiese fuerte, que se sintiese libre. Por un instante, hasta que volvió a convertirse en madre y en hija, y en cien cosas más otra vez.

Se estremeció mientras él pasaba los labios por su rostro, como si con aquella caricia le estuviese diciendo lo que no podía decirle con palabras.

Y todo su cuerpo cobró vida. Se subió encima de él y se apretó contra su erección mientras él metía la mano por debajo de su blusa y la acariciaba.

Alex se dejó llevar por el placer hasta que notó que Leandro metía la mano por debajo del sujetador y entonces se puso tensa.

Estaba haciendo todo lo que había dicho que no iba a hacer.

Gimió con frustración, pero Leandro no la soltó.

Sus frentes se tocaron, la respiración de Leandro la acarició. Alex cerró los ojos.

–¿No te das cuenta de que es inevitable, Alexis? ¿No te das cuenta de que esta vez sí que es el momento? Tus caricias, tus deseos, tus necesidades, tus suspiros, volverán a ser míos. Tú serás mía.

Su arrogancia debió ponerla furiosa, pero, en el fondo, Alex tembló.

Nadie la había deseado jamás así. Nadie le había dicho nunca algo así.

Después de decirle aquello, Leandro se marchó sin mirar atrás. Y ella se preguntó si de verdad podía ser tan cruel, o si quería un futuro a su lado solo por el bien de Izzie.

Y, si así era. ¿Qué podía ella hacer?

Capítulo 7

ESTABA quitándose los gemelos cuando Leandro se quedó inmóvil y escuchó. Se oía salpicar agua, las risas de Izzie y de Luca, a Valentina haciendo comentarios y a Alexis realizando advertencias. Nunca había habido tanto ruido en la casa.

Bajó las escaleras y salió al patio cual colegial entusiasmado.

Vio una bicicleta rosa, pequeña y con sus ruedecitas para aprender apoyada en una columna, una novela inglesa y un iPod rosa en el banco del jardín.

Le sorprendió que se hubiesen roto la oscuridad y el silencio a los que se había acostumbrado desde hacía tiempo. Se dio cuenta de que hacía dos décadas que solo reinaba el silencio en aquella casa, se preguntó si se había respirado tanta alegría en el ambiente alguna vez.

Le dio la sensación de que el olor a jazmín era más intenso, el cielo más azul, como si el mundo entero hubiese pasado de estar pintado en tonos grises a una soleada primavera.

Cerró los ojos y disfrutó de la sensación. No se sentía tan en paz como cuando había estado casado con Rosa, pero tampoco había esperado que la vida con Izzie fuese tranquila.

Y había aceptado que la vida con Alexis no iba a ser una vida serena.

Pero, por extraño que fuese, la idea le gustaba más de lo que lo molestaba.

Había tardado una semana en cumplir con sus obligaciones laborales y volver a casa. En esos días, había hablado con Izzie un par de veces, pero lo único que había conseguido oír de Alex era que todo iba bien.

Se preguntó si se habría precipitado con ella.

No había pretendido enfrentarse a ella, ni tocarla, durante el vuelo, pero no lo había podido evitar.

Se pasó una mano por el pelo y miró hacia la piscina. Su mirada la encontró al instante.

Llevaba un modesto bikini rosa y el pelo ondulado suelto alrededor del rostro. Alexis estaba sentada en el bordillo, con las uñas de los pies, pintadas de rosa, metidos en el agua. Sonreía feliz, tenía los ojos cerrados y el rostro levantado hacia el sol. Luca y Tina jugaban con Izzie en la piscina.

Leandro los miró dos segundos y volvió a clavar la vista en ella.

Su cuerpo lozano y flexible lo atraía cual canto de sirena.

Deseó acariciar aquellos pechos, pasar la mano por su vientre cóncavo, besar cada centímetro de su suave piel. Aquellas piernas largas lo abrazarían por la cintura mientras él...

¿Gritaría Alexis su nombre como lo había hecho siete años antes?

Leandro llevaba desde la pubertad sin excitarse tanto con tan solo mirar a una mujer.

Alexis giró el cuello y miró hacia donde estaba él, como si hubiese sentido su presencia.

Sus miradas se cruzaron en la distancia y ella se ruborizó. Leandro vio cómo se ponía tensa.

Era evidente que le había leído el pensamiento. Lo fulminó con la mirada.

Entonces se levantó, fue hasta una de las tumbonas, tomó un tubo de crema solar y volvió al borde de la piscina.

Él esperó en tensión y entonces supo lo que Alexis iba a hacer. Y que iba a hacerlo solo para provocarlo. Para volverlo loco. Para advertirle que no se iba a doblegar a sus deseos tan fácilmente.

La oyó llamar a Luca, que salió de la piscina, dijo algo que la hizo reír y apoyó las manos en sus hombros.

Alexis se sujetó el bikini con las manos y Luca se lo desató y empezó a ponerle crema por toda la piel.

Inmóvil, Leandro observó cómo su hermano tocaba a la mujer que le pertenecía.

Aquello lo puso furioso.

Ya le había advertido a Luca que mantuviese las distancias con ella, pero, como era de esperar, su hermano no lo había escuchado. En realidad, Leandro estaba seguro de que su hermano no iba a quitarle a Alexis, pero era capaz de cualquier cosa con tal de provocarlo y sacarlo de su zona de confort.

—Pone a tu hermano contra ti —rugió Antonio—.

Es una mujer que no me gustó hace siete años y que sigue sin gustarme. Quédate con tu hija y échala de aquí.

–No podría encontrar mejor madre para Isabella. Y no voy a separarlas y romper la familia, como hizo Enzo. Su lugar está conmigo.

–Jamás pensé que vería a una mujer debilitándote así.

Lo último que Leandro quería era hablar de Alexis con su abuelo.

–No sabes de qué estás hablando.

–¿Tan ciego estás por el deseo que no te das cuenta de que te está manipulando? ¿Piensas que no sabe que estás aquí, viendo como tu hermano la toca?

Leandro sonrió. Tal vez estuviese embriagado de deseo, pero no era tonto. Había tenido razón.

Alexis no iba a encajar fácilmente en sus planes, pero a él le gustaba el reto de conquistarla, de doblegarla, de hacerla suya.

–Lo que ha hecho me gusta tan poco como a ti, pero sé el motivo.

–Jamás te había visto mirar así a una mujer. Ni siquiera a la pobre Rosa. Esta mujer no te conviene. Es evidente que solo busca tu apellido.

–Rosa y Alexis son dos tipos de mujer diferentes –replicó él en tono frío–. Cuando Alexis se dé cuenta de lo que le conviene, cuando comprenda lo que yo espero de este matrimonio, todo irá bien.

Hizo una pausa.

–Pero no quiero oírte hablar de ella en ese tono, *nonno*. No lo volveré a tolerar.

–¿Vas a ponerte contra mí por una mujer que se acostó contigo después de...?

Leandro levantó la mano para interrumpir a su abuelo, para que este viese que estaba enfadado.

–Será mi esposa. Es la madre de mi hija. Y tal vez sea la madre del heredero que tan desesperadamente deseas. Así que te sugiero que la respetes como se merece.

Y continuó:

–Enzo te permitió que amedrentases a mamá, pero yo no te lo voy a consentir. Si quieres ver a tus nietos, será mejor que Alexis no escuche ni una de tus quejas.

Su abuelo lo fulminó con la mirada.

–¿Y los problemas que nos va a causar Salvatore? ¿Cómo los vas a solucionar?

–Con Kairos Constantinou.

–¿Ese loco magnate griego? ¿Es esa tu respuesta? –preguntó su abuelo horrorizado.

La reacción de Antonio no hizo más que confirmar su decisión. La junta de Conti necesitaba sangre nueva. Leandro estaba cansado de ser el único que buscaba nuevos caminos desde que Luca se había negado a formar parte de la junta.

–Pensabas que sus estrategias de inversión eran demasiado arriesgadas dado el actual clima económico –le recordó el anciano.

–Sí, pero Kairos me ha demostrado lo contrario. Trabajaremos bien juntos.

Leandro esperó a que su abuelo digiriese la noticia.

Karios había crecido en las calles de Atenas, había levantado todo un imperio de exportación, estaba deseoso de hacer nuevas alianzas en Europa, donde todavía se le rechazaba por su origen humilde. Leandro tenía todo lo que Kairos quería: el apellido, y Kairos tenía lo que deseaba él.

A pesar de su osadía y su hambre de poder, a Leandro le gustaba la integridad de Kairos, y su fuerza.

De hecho, Kairos ya estaba en Italia y su alianza había empezado a forjarse.

Leandro se había ocupado de Salvatore. El futuro de Valentina estaba asegurado. Solo le faltaba Luca, en el que tendría que pensar cuando terminasen sus negociaciones con Kairos.

Y también le faltaba casarse con Alexis.

Entonces todo volvería a su rumbo.

—Me enseñaste bien, *nonno*. Ahora, confía en mí para que dirija la empresa y la familia.

Tras unos minutos, Antonio cedió por fin.

—Confío en ti, Leandro, pero nunca dejaré de protegeros ni a Luca ni a ti.

A Leandro le molestó que su abuelo dejase fuera a Valentina, pero aquella era una batalla que hacía tiempo que sabía que no podía luchar.

Su abuelo volvió al ataque:

—¿Sabías que esa mujer en la que tanto confías ha comprado dos billetes de vuelta a Nueva York para dentro de un par de semanas? Justo para las fechas en las que tú tienes que ir a Oriente Medio por trabajo.

—Estás jugando a un juego peligroso, *bella* —le susurró Luca al oído mientras le ataba el bikini—.

No pensé que fueses tan manipuladora, que quisieses poner a mi hermano contra mí.

Alex se sintió avergonzada.

–No me gustaría perderte como amigo, pero he hecho lo que tenía que hacer, Luca. Tengo que luchar contra la arrogancia de tu hermano.

–¿Por qué quieres enfrentarte a Leandro, Alex?

–Alguien tiene que hacerle entender que no lo puede controlar todo. Alguien tiene que ser la horma de su zapato.

Luca se echó a reír.

Ella lo miró y se dio cuenta de que no podía haber un hombre más guapo. No obstante, ella siempre había preferido la belleza austera de Leandro a la perfección de su hermano.

–¿Siguen ahí? –preguntó Luca.

Alex miró con el rabillo del ojo.

–Sí.

–¿Puedes decirme qué tiene mi hermano que no tenga yo?

–Menos seguridad con respecto a su belleza, para empezar –respondió ella–, pero Leandro tampoco me interesa.

Luca se puso serio.

–No va servir de nada que te resistas si él ha decidido que le interesas, *cara*.

–¿Me estás diciendo que voy a tener que acceder a todos sus deseos?

–No, *bella*. Solo te estoy haciendo una advertencia, como amigo. Estoy seguro de que Antonio ya le ha contado que has comprado dos billetes para volver a Nueva York.

–¿Y tú cómo lo sabes? –inquirió ella, sorprendida–. ¿Cómo lo sabe Antonio?

Luca se encogió de hombros.

–Eso no importa. Lo que importa es que le has declarado la guerra a mi hermano al coquetear conmigo. Y al comprar esos billetes.

–La guerra la empezó él. Yo solo me he armado.

–Es la primera vez que me utilizan como arma –comentó Luca, haciendo una mueca–. No sé cómo tomármelo.

Alex se echó a reír.

–Tu risa es música para mis oídos, *bella*. Tienes un espíritu tan puro... –comentó Luca, mirándola a los ojos–. ¿No me preferirías a mí antes que a mi hermano?

Era evidente que Luca se sentía atraído por ella, aunque Alexis sabía que lo que le gustaba en realidad era la idea de lo que ella representaba para Leandro.

Le sonrió y le dio un beso en la mejilla. Feliz de tenerlo como amigo.

–Ahora ya sé por qué te llaman el Conti pecador.

Él le ofreció el brazo y ella lo aceptó y fueron a dar un paseo por los jardines, manteniéndose siempre a la vista de los demás.

–Lo que más lo va a enloquecer es que yo consiga hacerte reír.

–¿Eso piensas?

–Sí, Leandro siempre intentaba hacer reír a Valentina, pero mi hermano nunca pudo ser un niño alegre y despreocupado. Así que le sentaba fatal

que yo me ganase siempre a Valentina. Era una co-
sita menuda y delgada que tardó siglos en confiar
en nosotros, en acostumbrarse a nosotros. Aunque
acude a él cuando está disgustada, se acerca a mí
cuando quiere reír.

Alex frunció el ceño.

—¿Tuvo que acostumbrarse a vosotros?

Luca apretó los labios un instante.

—Valentina vivió con nuestra madre hasta que
esta falleció. Cuando nos enteramos de su muerte,
Leandro la trajo a casa con nosotros. Era la primera
vez que nos veíamos. Hasta entonces, desconocía-
mos que tuviésemos una hermana.

—¿Fue Leandro quién la trajo aquí, no Antonio?

—Mi abuelo tenía sus reservas acerca de Tina,
pero Leandro no descansó hasta tenerla aquí.

Alex recordó que este le había dicho que la familia lo era todo para él.

—¿Cuántos años tenía Leandro?

—Quince.

Con cada palabra de Luca, el pánico que sentía
Alex aumentó.

—¿Solo quince años? —balbució.

—Sí. Ya por entonces sabía lo que quería. Discu-
tió con Antonio durante días hasta que pudo traer a
Valentina a casa.

Luca tomó su mano y se la apretó cariñosa-
mente, la miró a los ojos.

—Mi hermano está dispuesto a cualquier cosa
con tal de proteger a los que considera suyos, Alex.
Y te aseguro que quiere lo mejor para Izzie. Y para
ti.

–Pero yo no soy suya –respondió ella en un susurro–. No puede tenerme solo porque haya decidido que tiene que ser así.

De repente, Alexis entendió todo lo que no había visto hasta entonces. Sintió un escalofrío.

Leandro se había propuesto desde el principio, desde antes de ir a Nueva York, llevarlas allí.

Se sintió furiosa, manipulada, a punto de estallar.

Luca le masajeó los hombros, como si se hubiese dado cuenta de su tensión.

–¿Quieres que te diga qué más pienso que le está diciendo a Antonio, Alex?

Ella apoyó la frente en su hombro y asintió débilmente.

–Estoy seguro de que le está advirtiendo a Antonio que no vuelva a faltarte al respeto nunca más.

Alex notó que los ojos se le llenaban de lágrimas.

–No tienes ni idea de lo que me estás pidiendo que olvide solo porque las intenciones de Leandro son buenas.

Su inseguridad frente a sus padres.

Su debilidad después del accidente.

Su miedo a fallarle a Izzie también... como había fallado a todo el mundo.

Leandro sabía de sus miedos e inseguridades y había decidido utilizarlos en su contra.

La había engañado con sus buenas intenciones.

–Dale una oportunidad, Alex. No permitas que el orgullo se interponga entre vosotros. Descubre si merece la pena. Y si resulta que no, yo mismo te ayudaré a luchar contra él.

–¿Habrá que luchar, Luca?

–¿Si te llevas a Izzie y la alejas de él? ¿Si privas a tu hija de un padre solo porque Leandro tiene su manera de hacer las cosas, porque es el más arrogante y bruto del mundo? –Luca se echó a reír–. Sí, *bella*. Y para mí será muy triste ver como dos magníficas personas se destruyen con una hija en medio.

Con aquella conversación en mente, Alex volvió a su habitación. Le dio un baño a Izzie, tomó algo de fruta, aceitunas y una copa de vino blanco y, nerviosa, fue hasta el salón con vistas al lago que formaba parte de su suite.

Las vistas le cortaron la respiración, como cada mañana.

Pero sabiendo que Leandro la manipulaba, aprovechándose de sus vulnerabilidades, para conseguir lo que quería, aquellas vistas y aquella causa se convertirían en una prisión.

Al final, llamó a Emma y le contó cómo se sentía.

Su amiga le recomendó que se olvidase de todo y se preguntase si quería estar con él. Y que lo pensase bien antes de tomar una decisión.

Alex seguía dándole vueltas a la conversación cuando llamaron a la puerta y apareció una criada con dos bolsas.

Izzie abrió una emocionada y descubrió que había un vestido dentro. Y Alex se acordó entonces de la fiesta de esa noche.

Una reunión informal con el resto de la familia y los amigos más próximos, para presentarles a Izzie, le había dicho Valentina la noche anterior.

Con manos temblorosas, Alex abrió la caja de terciopelo que había en la bolsa y sacó un conjunto de collar y pendientes de diamantes.

Diamantes para la mujer más fuerte que conozco, decía la nota que los acompañaba.

Ella sintió un cosquilleo en el pecho. Si en la nota hubiese puesto bella o inteligente, se habría sentido manipulada, pero de aquel modo se sintió conmovida.

Sintió que Leandro la entendía de verdad.

Sintió que le importaba.

Pero Alex se dijo que había sido como un libro abierto para él, así que era posible que aquello también fuese una manipulación.

Con la nota manuscrita en la mano, Alex se sentó en el suelo y cerró los ojos.

Emma tenía razón. Entre el accidente, el negocio y sus padres, se le había olvidado algo importante. Con o sin la ayuda de Leandro, jamás haría nada que le perjudicase a Izzie.

Quería a su hija más que a nada en el mundo.

Entonces, por primera vez en años, Alex pensó en ella misma. Pensó en los besos de Leandro, en que este la deseaba y ella lo deseaba a él.

¿Era aquello suficiente para empezar una relación?

Se sentía atraída por ella y adoraba a Izzie. ¿Qué más podía pedir Alex para empezar?

Con la decisión tomada, desempaquetó el vestido rosa de seda y se lo pegó al cuerpo antes de acercarse al espejo.

Iba a hacer aquello. Iba a tener una relación con Leandro, pero con sus propias condiciones.

Puso una canción de Lady Gaga en el iPod y subió el volumen. Bailó con Izzie por la habitación, emocionada.

Leandro tenía que aprender que Alex estaba fuera de su control, lo mismo que él del de ella.

Y en esa ocasión Alex no se iba a conformar con menos de lo que se merecía.

Capítulo 8

LEANDRO paseó por los maravillosos jardines, entre su familia y amigos, sin ser él mismo. Estaba nervioso, preocupado, porque dos segundos después de terminar su conversación con Antonio había ido furioso a la habitación de Alexis.

Con la mano en el pomo de la puerta, se había dado cuenta de lo que había estado a punto de hacer.

Pero la risa de Izzie al otro lado se había burlado de él.

Se había comportado igual que Enzo, presa de uno de sus frecuentes ataques de ira.

Él no habría pegado jamás a Alex como Enzo había hecho con su madre, ni la habría insultado. De eso estaba seguro. Pero el hecho de haberse enfadado tanto, de haber perdido el control de sus actos... el haber sentido tanto miedo por estar a punto de perder algo que no se había dado cuenta de que necesitaba.

Él no había necesitado nunca nada ni a nadie. Siempre había pensado en las necesidades de los demás.

Se preguntó cómo era posible que Alexis le hubiese calado tan hondo. ¿Qué tenía aquella mujer que provocaba en él reacciones tan violentas? ¿Por qué la deseaba tanto?

Hasta aquel momento había evitado a los invitados, había intentado calmarse antes de salir a saludar a todas aquellas personas que habían ido a conocer a su hija, y a Alexis, por supuesto.

Porque todos querían ver a la mujer que lo había hecho caer de su pedestal. Esperaban ver a una mujer espectacular, manipuladora. Estaban dispuestos a hacer fila para ver a la que se había convertido en su debilidad...

Aunque él ya no diría que Alex era su debilidad.

Alex, directa y sencilla, iba a sorprenderlos a todos. Era probable que incluso apareciese en pantalones y camiseta solo para insultarlo a él y a su familia.

Leandro estaba seguro de que no se pondría el vestido que le había hecho llegar, ni mucho menos las joyas.

–Papá... has vuelto.

Oyó que lo llamaba Isabella.

Él sonrió al instante, se giró y la vio en las escaleras de mármol. La levantó en el aire y ella lo abrazó con fuerza y le dio un sonoro beso en la mejilla. Leandro se quedó inmóvil, dándose cuenta de repente de lo mucho que la había echado de menos en la última semana.

Y pensar que había estado a punto de no conocerla...

–¿Me has echado de menos, *piccola*?

La niña se quedó pensativa y él rio.

–Lo he pasado muy bien con tío Luca y tía Tina, así que no te he echado mucho de menos, papá.

Como si quisiera compensarlo, le preguntó al oído:

–¿Te cuento un secreto?

–Sí. Tus tíos siempre me ocultan los mejores secretos.

–Ayer miré el cuaderno de mamá mientras se duchaba.

Leandro se imaginó al instante una agenda llena de teléfonos de hombres.

¿Desde cuándo se había vuelto tan desconfiado? ¿Desde cuándo le importaba tanto cada pequeña faceta de la vida de Alexis?

Antonio siempre había odiado y querido a Luca por igual, porque Luca era la viva imagen de su padre y vivía peligrosamente, bebía, salía y perseguía a mujeres indiscriminadamente.

Pero Luca, que Leandro supiese, nunca perdía el control como lo había perdido él aquella tarde.

Luca, que con tantas mujeres se había acostado, jamás tocaría a una enfadado.

De repente, Leandro sintió que era él el que había heredado lo peor de su padre: la desconfianza, la ira, la ansiedad.

Se quedó helado solo de pensarlo y deseó mandar a Alexis de vuelta a Nueva York en el siguiente vuelo.

–Tiene una estantería llena, pero solo ha *trajido*...

–Traído –la corrigió él.

–Ha traído un par. Antes del accidente dibujaba y escribía mucho. Ahora solo lo abre y lo mira. Y la semana pasada, cuando pensaba que yo estaba durmiendo, lo abrió y se puso a llorar.

A Leandro se le encogió del estómago al oír aquello.

Izzie lo abrazó con más fuerza.

—Papá va a cuidar de mamá —le dijo él para reconfortarla—. No volverá a llorar, ¿de acuerdo?

—Sí —respondió la niña.

—¿Qué hay en esos cuadernos? —preguntó Leandro.

—Dibujos e historias. Antes me las leía, pero dejó de hacerlo después del accidente.

—¿Por qué?

—¿Has visto esto? —preguntó la niña levantando las piernas, cambiando de conversación.

—¿Ropa nueva, *bambina*? —le preguntó él mientras levantaba la vista a la ventana de Alexis.

Isabella emitió uno de sus encantadores suspiros y él se echó a reír.

Al parecer, no era lo suficientemente moderno para su hija de seis años. ¿Pensaría lo mismo Alexis?

Recordó cómo la había oído reír aquella tarde con Luca y se puso tenso.

—Por supuesto que tengo ropa nueva, voy a conocer a toda mi nueva familia —dijo la niña en tono paciente—. Te estaba enseñando los zapatos que ha diseñado *zio* Luca solo para mí.

Leandro bajó la vista a los zapatos de piel negra brillante y ella empezó otra vez:

—Aunque mamá dice que no espere ropa y juguetes nuevos todo el tiempo solo porque seáis apestosamente ricos. ¿Apesta el dinero italiano, papá? —preguntó en tono inocente.

Él se echó a reír y se sentó en las escaleras con

Izzie mientras su familia lo miraba como si se hubiese vuelto loco.

Luca y Valentina se acercaron y también lo miraron como si jamás lo hubiesen visto reír así.

¿Sería cierto?

Mientras tanto, Izzie continuó con sus explicaciones.

—Mamá dice que me voy a hacer... —empezó, haciendo una mueca mientras Leandro seguía riendo—... Arrogante y dominante como otras personas que ella conoce.

Luca y Tina se echaron a reír también.

—Le he preguntado qué quería decir eso y me ha contestado que te pregunte a ti, que lo sabes mejor.

Leandro no recordaba haber reído jamás así. Ni haberse sentido tan bien.

La gente se quedó callada a su alrededor y él se puso en pie.

Alexis estaba en lo alto de las escaleras, vestida de seda rosa.

Los invitados murmuraron y la miraron, pero ella tenía ojos solo para él.

Leandro se sintió paralizado, como si hubiese esperado aquel momento toda su vida.

¿Qué mensaje intentaba lanzarle esta al ponerse el vestido y las joyas que él le había mandado? ¿Acaso jamás se iba a comportar como él esperaba?

Pero entonces Leandro se dio cuenta de que le encantaba que lo sorprendiera.

Alexis bajó las escaleras con los hombros rectos y fue cuando Leandro se dio cuenta de la abertura que tenía el vestido. Sintió deseo, se le secó la boca, se excitó.

Era evidente que Alexis había encontrado la mejor manera de vengarse de él.

De repente, Leandro sintió miedo de despertarse una mañana y no encontrarla allí, como había ocurrido con su madre un verano. De perder aquello también.

Porque ser padre de Izzie sin que Alexis fuese su esposa ya no era suficiente. Y no solo por el bien de la niña.

Aunque hubiese comprado los billetes para volver a Nueva York, Leandro no la dejaría marchar tan fácilmente.

No permitiría que la historia de sus padres se repitiera.

Ojalá Alexis pudiese comprender el motivo por el que había hecho todo lo que había hecho.

Ella llegó por fin al último escalón, delante de él, y Leandro no pudo evitar decirle:

—¿Así que arrogante y dominante, *bella*? ¿Vamos a empezar a tirar de ella hacia ambos lados, Alexis?

Ella arqueó una ceja, le brillaron los ojos.

—Solo le estoy enseñando a nuestra hija cosas importantes de la vida, Leandro. No querrás que nos acostumbremos a este estilo de vida y que esperemos recibir diamantes todos los días, ¿no? Ni siquiera tú lo puedes comprar todo, en especial, teniendo en cuenta todo lo que vas a tener que darme para que te perdone.

Él pensó que había dicho «nuestra hija».

¿Iba a aceptar Alexis sus planes? ¿O iba a continuar retándolo a la menor ocasión?

Él la tocó entonces porque era inevitable. Levantó su mano y le dio un beso en la muñeca. La sintió temblar bajó sus labios. Se imaginó pasándolos por toda su piel.

Y luego, muy a su pesar, la soltó.

—Yo pensaba que estábamos en paz, después del espectáculo de esta tarde en la piscina, ¿no?

La agarró por la cintura y vio que ella recibía el gesto arqueando una ceja.

—Ni mucho menos. ¿Tan seguro estás de que era solo un espectáculo?

—Sí. Y muy malo.

—¿Y me lo dice el rey de la manipulación? ¿El maniático del control? ¿El hombre que me hizo creer que su hija era una carga, un obstáculo para su nueva felicidad?

Mientras los invitados los observaban fascinados, ella tomó su barbilla y lo miró a los ojos.

Como si fuese suyo. Como si tuviese todo el derecho del mundo sobre su cuerpo e incluso sobre su mente.

Con el corazón acelerado, Leandro la miró y deseó apartarla y marcharse. Nunca le habían gustado las escenas en público. Ni siquiera había bailado con Rosa en público, ni la había tocado así.

Nunca había deseado hacerlo.

—Soy un hombre chapado a la antigua, *cara* —le advirtió con voz ronca—. Siempre hago lo que pienso que debo hacer.

Ella pasó un dedo por su mandíbula, por los surcos de su frente.

Y él se quedó inmóvil. La sensación de estar rindiéndose a sus caricias y a sus palabras le resultó desconocida, emocionante.

—En ese caso, haré lo que tenga que hacer para asegurarme de que no estropeas la posibilidad de que esto funcione. Por una vez voy a llevar las riendas yo, Leandro. ¿Podrás soportarlo?

Él la miró a los ojos y se dio cuenta de que lo entendía mejor de lo que lo había entendido nadie jamás.

¿No dejaría nunca de sorprenderlo?

—He decidido que voy a permitir que me recompenses por todo lo que no me has contado, pero no quiero más vestidos ni regalos extravagantes, Leandro. No querrás confirmarle a tu abuelo que estoy en venta, ¿verdad?

Leandro no sabía por qué no podía contarle la verdad en ese momento, por qué con ella actuaba primero y pensaba después.

—Tenías razón cuando dijiste que mi familia y amigos os diseccionarían esta noche, a Issabella y a ti. Uno de ellos se lo contará todo a la prensa y se volverá a hablar de la familia Conti, como suele ocurrir cada diez años.

La miró de arriba abajo.

—Sabía que no querrías darles más de qué hablar.

—¿Quieres decir que mi ropa habría dado motivos para hablar más?

—Sí.

—Entonces, ¿te avergüenzas de mí? —le preguntó ella, enfadada y vulnerable al mismo tiempo.

–No, solo quiero protegerte, Alexis.

Ella se tocó las joyas, el vestido. Su mano izquierda se movía más despacio que la derecha.

–Entonces, ¿esto ha sido para que no hablasen de mí ni de Izzie?

–Sí.

–¿Y la nota? ¿Para que estuviese fuerte delante de estas personas? ¿Para que me sintiese segura de mí misma y no te humillase esta noche? ¿Para que no hablase demasiado y no estropease la imagen que todo el mundo tiene del gran Leandro Conti?

–Sí.

Alexis echó la cabeza hacia atrás como si acabase de recibir una bofetada, apartó la mirada y cuando volvió a clavarla en la suya lo hizo de manera desafiante.

–Dios mío, ¿es que no hay nada real en ti? ¿Alguna vez haces o dices algo con el corazón? ¿Acaso tienes corazón?

–Escúchame, Alexis –le dijo él, agarrándola del brazo para que no se marchase–. Escribí la nota porque pensé que necesitabas oírlo, sí, que necesitabas valor para enfrentarte a esta multitud, pero también la escribí, *cara*, porque es la verdad. Y porque es algo que deberían decirte muchas veces.

A ella le brilló la mirada entonces, se acercó más y le advirtió:

–Si quieres que esto funcione, si quieres una oportunidad, necesito más, Leandro. Necesito algo más que obligaciones, algo más que el bienestar de Izzie y unos valores familiares. Necesito algo más que joyas, ropa de diseño y palabras manipuladoras.

Hizo una pausa.

–Aunque con mucho esfuerzo, he sido una buena hija y una buena madre. Y siempre lo seré, con o sin ti. La felicidad de Izzie no es suficiente para que esto funcione. Necesito atraerte yo. Alexis, la mujer que está un poquito loca por ti, que te desea más que respirar.

Tomó aire.

–Así que dame algo, Leandro, maldita sea. Dame algo que no sea para manipularme, que no tengas que hacer por obligación, o porque pienses que lo necesito. Dame algo de ti. O esto se habrá terminado antes de empezar y será Izzie la que sufra.

Leandro se sintió cautivado por ella, embriagado de deseo.

–Rosa –le dijo.

–¿Rosa? –repitió Alex, frunciendo el ceño.

Él no podía más, así que le devoró la boca. La obligó a separar los labios y besarlo, como la había obligado a aceptarlo en su vida.

Si había otra manera de hacer aquello Leandro la desconocía.

Pero Alexis le devolvió el beso y él se perdió en él a pesar de saber que sus amigos y familia los observaban.

–Leandro, no, dime...

–Compré este maldito vestido porque era rosa –se explicó él–. Porque sé que te gusta todo lo rosa. Porque sabía que te gustaría. Porque quería verte con él puesto. Lo vi hace casi un mes en un catálogo, incluso antes de que hubieses vuelto a mi vida, y pensé en ti. Y estaba semana pasada no he podido dejar de pensar en ello y no he parado hasta encontrar el vestido. Tuve que encontrar la boutique del diseñador, explicar cómo era, cuál sería tu talla, y esperar horas hasta que lo trajesen de Roma. Nunca, en toda mi vida, he ido tan lejos para comprar algo así. ¿No te parece suficiente muestra de mi locura, Alexis?

Y como no podía soportar ver su propio reflejo en los ojos de Alex, porque no podía fingir que no había hablado con desesperación, se dio la vuelta.

Pero ella lo detuvo, le dio un beso en la mejilla y le pidió que la mirase a los ojos.

–*Grazie*, Leandro –le contestó en tono cariñoso.

¿Por qué no le gritaba y le decía que era un manipulador?

La vio tan feliz que, por primera vez en su vida, Leandro se sintió realmente perdido. El sabor de sus labios, el olor de su piel, la curva de su boca, el calor de su mirada, de repente, todo le resultó aterrador. Porque era al mismo tiempo un regalo precioso y una carga insoportable.

Porque Leandro sabía que él no era suficiente para mantener todo aquello intacto, para que no se rompiese. Y si se rompía... todo su mundo se vendría abajo.

Y no quería ni el poder ni la vulnerabilidad que Alexis aportaba a su vida.

Capítulo 9

ALEXIS tenía el corazón acelerado, todos los sentidos a flor de piel, mientras iba y venía por la habitación.

Ni siquiera había estado así de nerviosa siete años antes, cuando ella había sido una ingenua y Leandro, una fantasía hecha realidad.

Él seguía siendo un sueño inalcanzable hecho realidad, pero al menos Alex lo entendía, lo que hacía que fuese todavía más irresistible y, aun mejor, se entendía a sí misma.

Durante la interminable velada, había tenido la sensación de que había entre ambos una corriente eléctrica que los unía. Y Leandro la había cuidado y la había defendido en tono arrogante cuando a alguien se le había ocurrido preguntar cómo había ido a parar Alexis allí.

–Las estrellas se han alineado para que, por fin, Alexis haya vuelto a mi vida –había respondido.

Con la ayuda de Tina, Alex había ido distinguiendo a las personas codiciosas de las buenas, a los amigos superficiales de los sensatos, pero curiosos al mismo tiempo. Y cuando Tina se había distraído, había tenido a Luca.

A Alexis se le habían llenado los ojos de lágrimas al ver lo pronto que la había aceptado la familia de Leandro, siguiendo el ejemplo de este.

Era extraño, pero había recibido lo que siempre había ansiado, del mismo hombre que la había manipulado para conseguir que lo aceptase.

Era más de medianoche e Izzie estaba dormida, agotada después de haber disfrutado siendo el centro de atención. Y Alex sabía que Leandro llegaría en cualquier momento.

Así que no podía estar más nerviosa. Se estaba preguntando si debía ponerse el pijama o quedarse con el vestido cuando se abrió la puerta.

Ella contuvo la respiración y se giró.

Leandro estaba apoyado en la puerta, como la primera noche. Sin chaqueta, despeinado, pero en esa ocasión no parecía enfadado, no había desconfianza ni hermetismo en su mirada. Solo había fuego y Alex sabía que la iba a hacer arder aquella noche, que iba a pedirle todo lo que pudiese darle, que la iba a someter a su voluntad.

Solo porque ella le había pedido que le diese un poquito de él.

–¿Puedo entrar, Alexis? –preguntó–. ¿He pagado el peaje para estar en tu habitación?

Ella lo miró. Tenía el corazón en la garganta.

A Leandro le brillaron los ojos mientras se apartaba de la puerta y avanzaba.

–¿El peaje, Leandro, es así como lo ves después de todo lo que te he dicho? ¿Todavía piensas que esto es una especie de negocio entre ambos?

Él se encogió de hombros.

–Solo intento saber si he pagado lo suficiente como para tocarte, para estar dentro de ti.

Alex deseó enfadarse, responderle airadamente. Quiso llevarse a Izzie y salir de su vida. Quiso...

No, no iba a rendirse tan pronto. Lo había visto vulnerable y desesperado cuando le había contado la historia del vestido. Ella se llevó la mano al estómago y recuperó el coraje.

Leandro no soportaba desearla tanto, no soportaba que ella hubiese roto su coraza. Así que Alex decidió jugar a su juego.

–Yo quiero esto tanto como tú.

–Izzie no se va a despertar, ¿verdad?

Sin esperar la respuesta, atravesó la habitación y cerró la puerta que la unía con la de la niña.

Luego se dio la vuelta y se desabrochó la camisa blanca, se la sacó de los pantalones.

A Alex se le iba a salir el corazón del pecho.

Leandro tiró la camisa al suelo y la luna bañó su piel aceitunada. Una capa de vello cubría su pecho y bajaba hasta desaparecer en el abdomen.

Alex deseó acariciarlo, deseó ver más allá de aquella fachada.

–Ven aquí, *cara* –le dijo él–. Vamos a ver cómo de bien nos entendemos, hasta dónde me vas a dejar llegar antes de hacerme parar.

–¿Piensas que vas a asustarme con tus palabras?

Era el único hombre con el que había querido tener relaciones íntimas, el único con el que se sentía lo suficientemente valiente y valiosa.

–¿Piensas que esto es un castigo? –añadió.

Él la agarró, levantó su mano y le dio un beso, pasó la lengua por las venas de su muñeca.

Alex sintió calor, sintió placer.

Leandro era tan prisionero de aquel fuego como ella, que se entregó con confianza ciega.

—Estás un poco asustada, tesoro, admítelo.

Ella se echó a reír.

—No, Leandro. Confío en ti.

Este pasó la lengua por la sensible curva de su cuello.

Las rodillas de Alex chocaron contra la cama, Leandro estaba a sus espaldas. Sus pies descalzos se tocaron. La hebilla del cinturón de Leandro se le clavó en la espalda. Sus anchos hombros la rodearon. Cada uno de sus músculos se pegó a su tembloroso cuerpo.

Leandro apoyó las manos en sus caderas y la acarició y Alex notó cómo se le endurecían los pezones.

Pero Leandro no la acarició donde ella quería.

Alex arqueó la espalda y se apretó contra él mientras Leandro le mordisqueaba el hombro. Tenía su erección pegada al trasero y quería acariciársela.

Se le secó la boca solo de pensar en tenerla dentro.

Lo oyó jurar en italiano cuando se apretó todavía más contra ella. Con aquel hombre no tenía miedo ni vergüenza.

—¿Quieres que te tome así, Alexis? —le preguntó a ella—. Si te echas hacia delante y me inclino sobre ti... He fantaseado con ello, he llegado al clímax yo solo, como un colegial, imaginándote así, *bella*. ¿Quieres que te tome como jamás he hecho mía a otra mujer? ¿Es eso lo que deseas?

–Sí, quiero ser tu más oscura fantasía, Leandro.

Alex echó las manos hacia atrás y las enterró en su pelo, reduciendo todavía más la distancia entre ambos, levantando los pechos en el aire, desesperada porque se los acariciase.

–Deja de ponerme a prueba y deja de atormentarte, Leandro.

Pensó que si lo hacían así, ella no podría acariciarlo, no podría disfrutar del placer de hacerle el amor, pero si era lo que él quería, que así fuese.

–Lo que quieras, pero pronto. Hacía siete largos años que nadie me tocaba. Siete años que no sentía este placer... y ahora mismo lo necesito más que respirar.

–¿No has estado con ningún otro hombre? –le preguntó él sorprendido.

–Nunca he deseado a otro como te deseo a ti. ¿Todavía no lo entiendes, Leandro? Haces que desee arriesgarlo todo. Haces que me sienta viva.

Él la abrazó con fuerza, murmuró algo.

Alex sintió el aire que entraba por las ventanas en los pechos y oyó que se rasgaba la seda del vestido.

–Espera, no... –gritó, pero ya era demasiado tarde, el vestido estaba a sus pies.

Se dijo que no importaba, que el daño era irreparable, pero que lo que este representaba le bastaba.

Él pasó un dedo por su espina dorsal mientras le susurraba al oído:

–Te compraré miles de vestidos, Alexis, y los romperé para quitártelos. Cuando haya terminado contigo no querrás pensar en ningún otro hombre, jamás.

Y con aquella promesa, llevó las manos a sus pechos. Alex gimió y se retorció bajo sus caricias.

–Por favor... –le suplicó, desesperada porque necesitaba más.

Pero él no dejó que se diese la vuelta.

–Por favor, ¿qué? ¿Quieres que pare? ¿Es demasiado para ti?

–No, no es suficiente –protestó ella.

–¿Quieres que te acaricie los pechos con la boca, *cara*?

–Sí, por favor, sí –murmuró Alex, temblando de la cabeza a los pies.

Él llevó la mano a su vientre y la metió por debajo de la ropa interior para acariciarla.

–Maldita sea, Leandro, ¿quieres matarme?

Él se echó a reír y siguió acariciándola.

–Estás tan húmeda –le susurró–. Tan excitada.

Alex sintió calor, anhelo, deseo. Un millón de sensaciones distintas mientras Leandro le daba placer.

–Quiero que llegues al clímax, *mia cara* –volvió a decirle él con voz ronca.

Y ella sintió tensión en el vientre y entonces echó la cabeza hacia atrás y gimió de manera muy erótica. Los músculos de su pelvis se contrajeron, se sacudieron, y él siguió acariciándola. Continuó hasta que Alex no supo ni dónde estaba ni quién era.

Y se mantuvo en pie solo porque Leandro la estaba sujetando.

Este le apartó el pelo mojado de sudor del cuello y pasó la lengua por él, le susurró palabras tiernas al oído.

Ella oyó desesperación en su voz y aquello la sacó de su estupor.

Decidió aceptar lo que él le diese, se aferró al brazo que la sujetaba por la cintura y se inclinó hacia delante.

Él se puso tenso, impidió a Alex que se moviese.

–¿Leandro?

Emplease la estrategia que emplease para mantener a Alexis en su sitio y sus propias emociones bajo control, lo cierto era que siempre fracasaba.

Alexis había podido con él.

Así que la hizo girarse entre sus brazos cuando todavía no se había recuperado del orgasmo, antes de que hubiese recuperado la respiración, desesperada por verla.

Alexis estaba sin fuerzas, con los párpados caídos y las mejillas sonrosadas.

Él sintió deseo y ternura, y emociones que no había experimentado jamás. ¿Cómo había podido pensar que sería capaz de separar sexo de emoción, en especial, tratándose de Alexis?

¿Cómo iba a controlar la situación si ella lo debilitaba con tanta facilidad?

La tumbó en la cama, se quitó los pantalones y los calzoncillos y se colocó encima.

Devoró su cuerpo tembloroso con la mirada.

Ella entreabrió los ojos.

–Te veo –le dijo sonriendo–. Y te puedo tocar. He soñado tantas veces con pasar las manos por tu cuerpo, con aprender cada centímetro de tu piel, con ver tu mirada de desesperación, con tu sonrisa, con poder comprobar que sentías la misma atracción que yo.

–La siento, *bella* –admitió él, rindiéndose ante aquella mujer–. Tócame, Alexis. Todo lo que quieras.

Ella se incorporó sobre los codos y lo acarició suavemente.

–¿Leandro?

–¿Sí, *mia cara*? –le preguntó él casi sin aliento.

–¿Por qué te llama santo la prensa?

–La prensa se equivoca a veces, *bella*.

–Pero dicen que Luca es el pecador y yo sé que puede llegar a serlo si se lo propone –continuó ella, pasando un dedo por su abdomen.

Él le agarró la mano y la colocó por encima de su cabeza. Alex utilizó la otra para alisarle las arrugas de la frente, luego enterró los dedos en su pelo, lo besó en los labios.

No le pidió nada, solo le dio. E hizo que Leandro diese también.

–Después de aquella noche que compartimos, no estuve con otra mujer durante mucho tiempo...

–¿Cuánto tiempo?

–¿Acaso importa?

–A mí, sí –respondió ella, acariciándolo con la lengua.

–Alexis... –le advirtió él.

Ella le mordisqueó un pezón, se lo chupó, y Leandro arqueó la espalda y apretó la erección contra su vientre.

No podía desearla más. Quería disfrutar con ella de todos los placeres que se había negado hasta entonces.

Ella bajó con la boca por su abdomen.

–¿Todavía quieres que piense que he sido una más de muchas? –preguntó en un susurro.

–No... mi padre... estuvo con muchas mujeres y abusó de mi madre de muchas maneras. Y yo me prometí hace mucho tiempo que jamás sería como él –se obligó a contarle–. Después de haber estado contigo... Me di cuenta de que habías sido virgen. De que te había tomado sin ninguna delicadeza, contra la pared, de que ni siquiera te había oído gemir de dolor...

Ella le dio un beso para tranquilizarlo.

–El dolor fue un instante, Leandro, nada comparado con el placer de después. Nada comparado con lo que me hiciste sentir.

Él cerró los ojos.

–No soportaba mirarme en el espejo. No soportaba pensar que había sido tan despiadado, que me había dejado llevar así. Y, después, como no quería que ninguna mujer pensase que estaba interesado en ella, cuando en realidad no tenía intención de casarme, decidí no acercarme a nadie.

–¿En siete años, Leandro? –le preguntó ella.

–Si lo necesitaba, me consolaba yo solo.

–Entonces, es verdad, he hecho bajar al santo de

su pedestal –susurró Alex, sonriendo con satisfacción antes de darle otro beso en los labios.

Él le devolvió el beso, pero no le pareció suficiente. Nada iba a ser suficiente, salvo hacerla completamente suya.

La tumbó sobre el colchón y la cubrió con su cuerpo. Encajaban a la perfección, como si estuviesen hechos el uno para el otro.

Y sintió que había magia en aquella habitación, que tenía una cercanía con Alexis que no quería perder jamás.

Ella levantó las piernas y lo abrazó por la cintura y él aceptó la invitación y la penetró.

Ella gimió y Leandro enterró el rostro en su cuello.

–¿Te he hecho daño, Alexis, *cara mia*?

–No –respondió ella, empezando a relajarse–, pero es una sensación extraña.

–¿Extraña, pero buena? –le preguntó él.

–Abrumadoramente buena, y muy... íntima. ¿Tú qué piensas?

Él sonrió.

–¿De verdad crees que soy capaz de pensar en estos momentos, *cara*?

Ella lo miró a los ojos, le dio un beso en la comisura de los labios. Pasó las manos por su espalda.

–Me gusta cuando no puedes pensar, Leandro.

Y él oyó aquello y empezó a moverse en su interior, cada vez más profunda, más rápidamente.

Leandro perdió completamente el control, se dejó llevar por el placer.

Alex no tardó en gemir y en romperse por dentro. Y las sacudidas de su cuerpo hicieron que Leandro llegase al clímax también.

Gimió y sintió que el corazón se le salía del pecho, y Alexis lo abrazó.

Leandro supo que no se había sentido tan vulnerable en toda subida. Supo por qué se había resistido al destino nada más volver a verla.

Alexis se había metido por debajo de su piel, había llegado a su corazón y Leandro estaba convencido de que si la perdía su mundo jamás volvería a ser el mismo.

Capítulo 10

¿ALEXIS? Esta se acurrucó contra él y disfrutó del calor de su cuerpo, ronroneó.

–Despierta, tesoro.

Su cuerpo estaba lánguido, saciado. Leandro la había llevado al baño y se había metido con ella en la ducha, donde con sus caricias había vuelto a llevarla al clímax.

–¿Umm? –respondió, sintiéndose aturdida.

–Deja de moverte, quédate quieta –le dijo él–. Si sigues haciendo eso no puedo pensar. O, más bien, solo puedo pensar en una cosa.

Se apartó de él y puso el brazo alrededor de la cintura, la mano entre sus pechos, sin que le estorbase la camiseta que él mismo le había prestado después de la ducha. Alexis se la había pedido porque todavía no se sentía cómoda estando completamente desnuda.

Aunque sí le encantaba verlo desnudo a él.

Leandro metió una pierna entre los suyos y Alexis notó que se estaba excitando otra vez.

Sintió deseo ella también. Le acarició la pierna con el pie.

–¿Esto también te molesta?

Él le apartó el pie y le dio una palmada en el trasero.

–Compórtate, *cara*.

Ella le agarró la mano y le dio un beso en la palma.

–Perdona, me había olvidado de que estás mayor. Supongo que te has quedado agotado después de la última sesión y que no volverá a haber acción hasta dentro de un tiempo, ¿no?

Leandro le levantó la camiseta, le levantó la pierna y la penetró desde atrás.

Alex gritó sorprendida, se aferró a su brazo.

–¿Alguna queja, *cara*? –le preguntó él al oído.

–No –gimió ella, disfrutando de la sensación.

–Quítate la camiseta.

Alex obedeció.

Nada más deshacerse de ella, Leandro puso una mano debajo de su cabeza y la obligó a girarse y a ponerse frente a él.

–Una vez más, *mia cara*. Quiero oírte gritar otra vez –le pidió Leandro–. No voy a saciarme nunca de ti, *bella*.

Se miraron a los ojos y después él inclinó la cabeza y tomó su pecho con la boca. Y entonces empezó a moverse en su interior, mientras le mordisqueaba los pezones.

Se movieron juntos, dejándose llevar por el instinto más animal, con el corazón acelerado, la piel cubierta de sudor.

Y explotaron de placer a la vez. Fue una sensación tan fuerte que Alex pensó que había muerto en el embate para volver a renacer en brazos de Leandro.

Después de lo que le pareció una eternidad, Leandro habló en la oscuridad. La sensación de las sábanas frías alivió el calor de Alex.

–Háblame de esos cuadernos llenos de dibujos e historias.

Ella se puso tensa, tomó aire.

–¿Cómo lo sabes? Me parece horrible que Antonio se metiese en mis asuntos privados, que tú hayas cruzado tantos límites. No me manipules...

–Me lo ha dicho Izzie.

Ella intentó apartarse, pero Leandro la agarró con más fuerza.

–¿La has interrogado? ¿Vas a utilizarla para conseguir tu objetivo?

–No –respondió él–. Me contó que te había visto llorar cuando pensabas que dormía.

–Oh... Debo tener más cuidado. No me había dado cuenta. Dios mío, debió de sentir miedo.

–Cálmate. Izzie es igual que tú, muy fuerte. Y yo le he asegurado que te voy a cuidar.

Alex miró a Leandro a los ojos y contuvo el impulso de contradecirlo.

Ya no pensaba que fuese un hombre frío y despiadado, no después de lo que habían compartido. No después de comprender qué era lo que hacía que protegiese a todas las personas que tenía alrededor.

–Gracias por tranquilizarla.

–Gracias a ti por haber criado a una niña tan magníficamente fuerte. Ahora somos un equipo, ¿no?

Ella asintió. Le gustó cómo sonaba aquello.

Él le dio un beso muy tierno en el dorso de la mano.

–¿Y qué tengo que hacer para obtener el privilegio de ver esos cuadernos?

–¿Cómo sabes que es un privilegio? –respondió ella con naturalidad.

Compartir con él esas historias era como entregarle un pedazo de su corazón, el pedazo más íntimo.

¿Y si pensaba, como sus padres, que aquello era una tontería? ¿Y si lo utilizaba para manipularla?

Alex pensó que no soportaría algo así. Que entonces ya no habría marcha atrás, ni siquiera por el bien de Izzie. Era mejor que aquello quedase para ella sola, como siempre.

Era lo mejor, para todos.

–Izzie dice que es algo fantástico. Y yo la creo.

–Izzie tiene seis años. Es algo muy íntimo. Solo lo ha visto una persona además de Izzie.

–¿Justin?

Alex esbozó una sonrisa.

–No, Adrian –respondió ella–. A mis padres se lo enseñé una vez y dijeron que era una completa pérdida de tiempo.

–Tus padres son idiotas, *bella*.

–¡Eh! Acababa de suspender un examen de matemáticas, mis padres habían descubierto que Adrian me había hecho el proyecto de ciencias, y un profesor los había llamado para hablar de mi falta de aplicación académica. Y entonces se enteraron de lo de estos... garabatos –dijo Alex, repitiendo la palabra utilizada por su madre–. No sabían qué hacer conmigo.

–¿Y qué pensaba Adrian de ellos?

¿Por qué le hacía Leandro siempre la pregunta adecuada?

–A él le encantaban y me decía que no parase jamás. Que no dejase de disfrutar con ellos. Decía que algún día sería mi agente y los venderíamos y me preguntaba si podría vivir de mi talento cuando fuese famosa.

Los ojos se le llenaron de lágrimas al recordar la sonrisa de su hermano, sus abrazos.

–Solo quería ser amable conmigo, pero yo lo quería todavía más por ello.

–Entonces, ¿no los ha visto nadie además de Adrian? ¿No te has planteado que podrías hacer feliz a alguien más al enseñarlos?

Alex se encogió de hombros.

–Ya te he dicho que no son importantes.

–Permite que yo decida eso –le pidió, dándole un beso en los labios–. ¿Por qué lloras, *bella*?

Ella bajó la vista.

–Supongo que me he emocionado. Ya sabes que el accidente me dejó bastante mal, y no solo físicamente.

–¿Vas a mentirme después de lo que hemos compartido, Alexis?

Ella suspiró y levantó su mano izquierda.

–Soy zurda, Leandro. Durante años, utilizaba

esos dibujos para relajarme, para evadirme incluso del dolor de haber perdido a Adrian. Ahora ni siquiera puedo sujetar un lapicero y tengo la sensación de que... me han arrebatado lo que más me gustaba.

Sentía que, tal y como su madre le había dicho muchas veces, no era nada.

Las lágrimas corrieron por su rostro y Alex enterró el rostro en el cuello de Leandro, negándose a que este las viera.

Se sintió tan pequeña en ese momento, se sintió como aquella niña que había esperado siempre a que sus padres le dijesen que la querían tal y como era.

Al menos ya había aceptado que nadie lo haría. Que tenía que conformarse con aceptarse a sí misma.

Él la abrazó con fuerza.

—Iremos a ver al mejor especialista del mundo, *cara*. Haremos lo que haga falta. Verás como vuelves a dibujar. Haremos juntos los ejercicios que te manden. Y no permitiré que levantas peso ni que...

—No soy idiota, Leandro. Ya he hecho todo lo que me han dicho que hiciera.

—¿Me vas a enseñar esos cuadernos? —le preguntó él en tono malicioso—. Me parece que es importante que los compartas conmigo, así no te sentirás tan sola...

—¿Sabes que eres un hombre horrible, manipulador? No puedes evitarlo, ¿verdad?

Él se echó a reír.

—A lo mejor tengo que dejarte sin otras cosas hasta que los compartas conmigo...

Era la primera vez que alguien, aparte de Adrian, mostraba interés por algo suyo.

—Ya veremos —respondió ella, sentándose a horcajadas encima de Leandro.

Notó su erección y la tomó con la mano, haciéndolo gemir.

Luego se apoyó en las rodillas para hacer que la penetrase y entonces ya no volvieron a retarse más, se limitaron a disfrutar del placer.

Alex terminó de nadar en la piscina y se frotó los brazos y las piernas. El sol estaba en lo alto del cielo, pero ella se quedó un poco más en el patio de piedra.

El aire olía a olivo y al huerto de especias que había a un lado de la casa, del que el propio Leandro se ocupaba.

De todas las propiedades de este, que durante la semana anterior habían recorrido juntos, a Alex la que más le gustaba era Villa de Conti.

Y no solo por sus espectaculares vistas al lago Como, sino también por la paz y la tranquilidad que se respiraba allí. Los tres hermanos parecían felices con la familia que habían construido después del desastroso matrimonio de sus padres. Se querían, y todo era gracias a Leandro.

Este lo había hecho porque había pensado que era su obligación, pero saber que este estaba dispuesto a darlo todo por sus hermanos hacía que Alex lo admirase más.

Además, Valentina vivía allí y no habían tardado

en volver a hacerse buenas amigas. Incluso Luca pasaba a verlos con frecuencia y Alex lo sentía como a un miembro de la familia más.

O tal vez fuese la ausencia de Antonio.

El anciano no había vuelto a dirigirse a ella, la miraba con hostilidad, pero Alex se había convencido de que no necesitaba su aprobación.

No obstante, sabía que para Leandro su abuelo era importante. Parecía ser lo más parecido que había tenido a un amigo y mentor. No obstante, había algo en él que a Alex no le gustaba.

Aunque tenía la esperanza de que fuese solo el hecho de que a Antonio no le gustaba ella.

Tomó un albornoz de encima de la tumbona, se lo puso y se dirigió a su habitación. Izzie había salido con Valentina y ella tenía toda la tarde por delante.

Se duchó y se vistió.

Se sentó a la sombra en la terraza y marcó el número de teléfono de sus padres, ansiosa por saber cómo había ido su viaje. Un contestador le anunció que la línea había sido desconectada, así que Alex marcó el número del teléfono móvil de su madre.

Cinco minutos más tarde, su madre le había contado que habían aceptado una oferta muy generosa y habían vendido la tienda, y ella tuvo que fingir una alegría que no sentía.

Después, por la tarde, siguió sintiéndose mal. No sabía si porque la repentina suerte de sus padres le olía mal, o por el cariño que ella le había tomado al negocio. Se dijo que tal vez fuese porque todo estaba cambiando demasiado deprisa.

Sus padres habían vendido la tienda.

Y Valentina iba a casarse con el enigmático Kairos Constantinou a pesar de que solo hacía tres semanas que lo conocía.

Ella había oído discutir a Leandro y a Luca acerca de Kairos.

Durante los siguientes días, Alex se sintió inquieta.

Sintió que tenía que tomar una decisión que no quería tomar. Que el bienestar y la felicidad que había encontrado con Leandro podía terminarse en cualquier momento.

Los sonidos procedentes del jardín, que entraban por las ventanas y el balcón, fragmentos de conversaciones en griego y en italiano, la música jazz que Kairos y Valentina estaban bailando, los intensos colores del verano, el olor a jazmín y a rosa, a las orquídeas salvajes que decoraban las mesas...

Todo se difuminó cuando Leandro vio el papel que sobresalía de la papelera del cuarto de baño.

Sintió que se le entumecían los dedos, que todo su cuerpo se petrificaba.

No supo cuánto tiempo había estado así, inmóvil, mirando el papel. Entonces dobló las rodillas y lo tomó con cuidado, como si de una bomba se tratase.

Alguien se había hecho una prueba de embarazo.

Y dado que aquel baño estaba en el dormitorio de Alexis, en el dormitorio en el que llevaban seis semanas haciendo el amor, era evidente quién se la había hecho. No habían utilizado protección la primera noche, después de la fiesta.

Alex había comentado que tendrían que utilizar preservativos hasta que ella volviese a tomar la píldora.

Y él no había podido evitar responder que, si iban a casarse, no les harían falta.

–¿Casarnos? ¿Quieres más hijos? –había preguntado ella como si la idea la asustase.

–Sí. ¿No querrás que sigamos así?

–Pero el matrimonio es un paso muy importante. Y yo ahora mismo no puedo pensar en tener más hijos.

Durante días, Leandro no había podido evitar pensar que quería asegurar su futuro. Que necesitaba casarse con Alexis.

Pero esta le había pedido tiempo y él había decidido dárselo.

Se maldijo, tenía que haberla arrastrado a la iglesia desde el principio.

Pero él había sentido que, después de haberla manipulado tanto, aquello era lo mínimo que podía hacer por ella. Esperar.

Por las noches, hacían el amor en su habitación, Leandro se escondía como si fuese un amante ilícito, porque ella insistía en no confundir a Isabella antes de que todo se hubiese arreglado entre ambos.

Alex no había ido a su cama ni una sola vez, ni le había permitido que se quedase a dormir toda la noche con ella jamás.

Y como remate... aquello.

Buscó en la cesta y encontró el aparatito.

¡Alexis estaba embarazada! De él. Otra vez.

Y no se lo había dicho.

Leandro sintió un escalofrío.

No le había dirigido la palabra en todo el día. Habían desayunado juntos y había estado muy callada, y después cada uno se había ido por su lado.

Entonces él había ido a buscarla a su habitación, le había preguntado si le ocurría algo.

Y Alexis le había mentido, le había dicho que estaba preocupada por la salud de su padre.

Habían hecho el amor mientras su familia y los trescientos invitados a la boda iban llegando a la finca.

Leandro se dijo que Alexis ya se había estado comportando de manera extraña toda la semana anterior, lo que significaba que ya había sabido o, al menos, sospechado, que estaba embarazada.

Se sintió muy dolido.

¿Por qué le había ocultado Alexis la verdad? ¿A qué le tenía miedo? ¿O era que había decidido que no quería estar con él?

—Me gustaría ir a Nueva York un par de semanas —le había dicho justo el día anterior.

¿Por qué? ¿Para qué?

¿Por qué lo estaba apartando de ella?

¿Y qué podía hacer él para impedirlo?

Capítulo 11

CASI había anochecido y Alexis todavía no había ido a hablar con él, no se lo había contado. Y, por primera vez desde la noche en que habían hecho el amor, Leandro no fue a verla a su dormitorio.

La fiesta había terminado hacía horas y la casa estaba en silencio. Él había conseguido guardar la compostura.

Ella también. Ninguno de los dos había querido estropear el gran día de Valentina.

Pero Leandro pensó que tenía que hacer algo. Estaba convencido de que Alexis le pertenecía.

Fue a su despacho y cerró la puerta tras de él.

Había ido allí muchas veces, para tragarse las lágrimas, para enterrar sus miedos. Para hacer acopio de valor y poder comportarse como un adulto cuando todavía no lo había sido.

Allí había perdido la inocencia y había descubierto que el hombre que debía protegerlos a todos no era más que un animal.

Allí había amenazado a Enzo después de que este le hubiese levantado la mano a su madre.

Allí había abrazado a Luca cuando habían descubierto la horrible verdad que su madre escondía.

Allí había discutido con Antonio, durante días, acerca de llevar a Valentina a la casa.

No quería perder a Alexis.

Se acababa de servir una generosa copa de whisky cuando se abrió la puerta a sus espaldas.

Por un instante, se sintió esperanzado.

Antonio estaba en la puerta y Leandro evitó mirarlo a los ojos. No quería que nadie lo viese así.

No cuando ni siquiera se entendía él mismo.

−¿Estás bebiendo, Leandro? −lo provocó su abuelo−. ¿Qué te ha hecho ahora esa mujer?

Él se echó a reír.

−Está embarazada.

−Pues cásate pronto con ella −le advirtió Antonio−. Tu heredero no puede ser un bastardo.

−No sabemos si será un niño, *nonno*. Y ella todavía no me ha dado la noticia.

−¿Y piensas que lo va a utilizar para manipularte?

−Alexis no es una mujer manipuladora.

−Entonces, ¿por qué te afecta tanto que no te lo haya contado?

Leandro se pasó los dedos por el pelo.

−Me afecta porque eso significa que todavía no me he ganado su confianza. Significa que todavía no acepta que tenemos que casarnos.

«Significa que todavía no tengo su corazón», pensó.

−Está jugando contigo. Y yo sabía que esto iba a pasar −dijo Antonio.

Leandro se pasó una mano por la nuca, se contuvo para no contestarle mal.

Oyó un golpe sobre el escritorio y levantó la vista. Su abuelo había dejado encima unos papeles.

–¿Qué es eso?

–Léelo.

Leandro vio en la parte superior izquierda el logo de una cara agencia de detectives privados en Milán. Y una fotografía de tamaño carnet de Alexis, con ocho o nueve años, la barbilla levantada, desafiante.

Páginas y páginas de información sobre ella.

–¿Qué demonios es esto? –inquirió, enfadado.

–Un informe que pedí una semana después de que esa mujer apareciese en nuestra casa. Hay información suficiente para que puedas quitarle a tus hijos.

–No voy a separar a mis hijos de su madre. La necesito en mi vida, Antonio.

Su abuelo apretó los labios.

–No puedo atacarla con esto, *nonno*. Jamás me lo perdonaría si le hiciese daño.

–Entonces, utilízalo en mi nombre, utilízalo para atarla a ti.

Leandro se apartó de la mesa.

Era un plan diabólico y al mismo tiempo simple.

Antonio podía enseñarle el informe y amenazarla con quitarle a Isabella, y él la tranquilizaría, la convencería de que se casasen. Y sería suya para siempre.

Ya no habría marcha atrás.

Pero aquello no estaba bien. ¿Y si, a pesar de todo, Alexis no accedía a casarse con él?

Con cada segundo que pasaba, Alex se sentía más angustiada. Tuvo la sensación de que se iba a asfixiar si no le contaba a Leandro que estaba embarazada.

Odiaba mentirle, sobre todo, sabiendo que la noticia lo haría feliz.

Quería una familia numerosa, unida. Quería lo que no había tenido de niño.

Pero solo sabía hablar de obligaciones. Nunca hablaba de ella y de él.

No decía por qué la deseaba tanto por las noches ni por qué estaba empeñado en hablar del futuro...

¿No aprendería nunca a arriesgar su corazón para poder conseguir el de ella? ¿Dejaría alguna vez de manipularla, como había hecho con el negocio de sus padres?

A Alex le había bastado con hacerle una pregunta a Luca para que este le contase que Conti Luxury Goods había adquirido una pequeña tienda de comida sana en Brooklyn.

¿Por qué había comprado Leandro el negocio, y por qué había pagado tanto dinero por él?

¿Sería para continuar controlando su relación? ¿Para poder tener algo con lo que chantajearla?

Así que Alex no podía casarse con él si Leandro no le abría su corazón.

Alex quería que Leandro sintiese que no podía vivir sin ella, que la amase tanto como ella lo amaba a él.

No podía conformarse con menos. Y, al mismo tiempo, sabía que se moriría si se alejaba de él.

La mañana había comenzado con unas náuseas horribles. Alex casi no había podido dormir, esperando y preguntándose si Leandro iría a su habitación.

Ya estaba amaneciendo cuando se había dado cuenta de que Leandro no iba a ir, y se había quedado dormida llorando. Pero esa mañana seguía sin saber lo que iba a hacer.

Quería ir a buscarlo, abrazarlo, decirle lo mucho que lo amaba, pero ¿cómo respondería él? ¿Y si se aprovechaba de ello?

Alex se bebió el zumo y había decidido sacar a Izzie a dar un paseo cuando Luca llegó a la terraza, muy serio.

Ella sintió miedo.

Luca dejó unos papeles encima de la mesa.

—He prometido que iba a ayudar —dijo en tono seco.

—¿Qué es eso, Luca?

—Un informe, *cara*. Sobre ti. Para demostrar que no eres apta como madre.

A Alex se le aceleró el corazón, sintió que toda la cabeza le daba vueltas. Volvió a tener ganas de vomitar.

Abrió el informe con manos temblorosas y vio páginas y páginas acerca de su vida. Páginas que lo reducían todo a una dimensión: su desorganización, su naturaleza caótica, su rebeldía.

Su mala situación económica.

Sus ataques de pánico. La imposibilidad de utilizar una mano.

Su falta de perspectiva laboral.

Todas las cosas horribles que su madre había insinuado a lo largo de los años y que a ella la habían puesto enferma una y otra vez.

Alex apoyó la cabeza en la mesa y respiró hondo para intentar aliviar el dolor que tenía en el pecho.

No, se negaba a que redujesen su vida, su dolor, sus miedos, a aquello.

No era una mujer fracasada.

Se limpió las lágrimas incluso antes de derramarlas, furiosa. Se incorporó y miro a Luca.

—¿Sabes quién ha encargado esto?

«Que no sea Leandro, por favor».

Si había sido él, jamás lo perdonaría.

—Antonio. Hay un vuelo chárter dentro de tres horas, deberías marcharte con Izzie.

—Piensas que Leandro va a utilizarlo contra mí —dijo ella, horrorizada.

—Mi hermano es capaz de cualquier cosa con tal de conseguir sus objetivos, así que es posible. Aunque tal vez me equivoque y...

Un puñetazo en la boca acalló a Luca. Sorprendida, Alexis se dio cuenta de que se lo había dado Leandro.

Leandro, con los nudillos doloridos, los labios apretados y la mirada brillante, furiosa. Alexis nunca lo había visto así.

Vio que volvía a cernirse sobre su hermano y se interpuso entre ambos.

—Para, Leandro. ¿Se puede saber qué te pasa?

—No solo te da consejos, sino que te ayuda a huir, con Isabella. ¿Y quieres que lo perdone?

—Me ayuda porque no confía en ti. Porque piensa... que eres un bruto insensible que me quiere manipular para que pase mi vida contigo aunque no te lo hayas ganado, aunque no te lo merezcas.

Él echó la cabeza hacia atrás, como si lo hubiese golpeado, pero Alex no sintió satisfacción.

¿Cómo iba a sentirla si tenía un nudo en el estómago y miedo a lo que el futuro le pudiese deparar?

Luca se echó a reír, rompiendo el silencio.

—Nuestros padres lo estropearon a él también, *cara*. Estás loca si confías en mi hermano.

Leandro palideció, miró a Alex.

—¿Has decidido que no merezco saber que voy a ser padre otra vez?

No lo dijo enfadado, sino como si ya la hubiese perdido. Y como si le doliese mucho que no hubiese confiado en él.

—No es algo que pueda ocultarse durante mucho tiempo —le dijo ella.

—Pero no has querido compartirlo conmigo con alegría. Con eso, tengo suficiente.

—Odio no habértelo dicho. Odio no haberlo podido celebrar contigo, Leandro, pero es que tú lo manipulas todo. Estás acostumbrado a meterte en la vida de todo el mundo —añadió Alex con lágrimas en los ojos—. Yo he confiado en ti, siempre...

Tomó aire.

—¿Tiene razón Luca, Leandro? ¿Estarías dispuesto

a utilizar ese informe contra mí? –le preguntó–. ¿Lo has pensado?

–Lo he pensado –admitió él–. Durante cinco minutos.

Se hizo un breve silencio.

–Estaba desesperado, *bella*. La semana pasada he sentido que te perdía. No querías mirarme a los ojos y me has ocultado esta noticia.

Se frotó los ojos y Alex se fijó en la vulnerabilidad del gesto.

–Porque me has hecho dudar de todo –le explicó ella–. Has comprado la tienda de mis padres y no me lo has dicho. Has hablado de matrimonio, de familia y de deber, pero no de nosotros. Ni una vez. Y yo merezco pasar el resto de mi vida con alguien que me ame, Leandro.

–Entonces, ¿me vas a dejar, Alexis?

Y en aquella pregunta, Alexis descubrió todo un universo de significado.

El antiguo Leandro jamás habría hecho una pregunta tan desesperada. Jamás habría aceptado la derrota sin mover montañas para obtener su objetivo.

Alex se sintió esperanzada.

Con un nudo en la garganta, le respondió:

–Si acepto la ayuda de Luca y me marcho, será culpa tuya. Si pierdes el derecho a ser el padre de Izzie, si pierdes la felicidad que podríamos haber tenido... será culpa tuya. Será tu incapacidad de abrir tu corazón a mí lo que estropeará lo mejor que vas a poder tener en la vida.

Se hizo un silencio.

–¿Piensas que no soy capaz de sentir, *mia cara*? ¿No te parece suficiente muestra de debilidad haber atacado a mi propio hermano? ¿No te parezco lo suficientemente débil? ¿No te das cuenta de que me aterra pensar que no puedo hacer nada para evitar que toda mi vida se desmorone? ¿No piensas que me doy asco solo por haber pensado en la posibilidad de enseñarte ese informe?

Leandro continuó antes de que a Alex le diese tiempo a contestar.

–Mi corazón ya no es mío. Mi destino no está en mis manos, sino en las tuyas, tesoro. Ya no soy nada sin tu amor.

Y sin más, el hombre al que Alex amaba con todo su corazón, se puso de rodillas.

Levantó la cabeza hacia ella y le dijo:

–Llevo toda la vida intentando controlar mis emociones. He vivido siempre queriendo asegurarme de que nadie me hiciese daño a mí, ni a Luca y a Valentina. Y no me había dado cuenta de lo que me estaba perdiendo hasta que te conocí. Tú... haces que lo ponga todo en peligro, *bella*. Mi felicidad está en tus manos y eso me aterra.

Tomó aire para continuar:

–Pero te quiero tanto, *mia cara*, que si me das una oportunidad, cambiaré. Y amaré. Y lo arriesgaré todo para demostrar que merezco el amor de la mujer a la que quiero más que nada en el mundo.

A Alex se le llenaron los ojos de lágrimas.

Se arrodilló delante de él y lo besó. Y se dio cuenta de que sabía a amor.

A amor incondicional, a aceptación, a confianza.

–Por favor, dime que no vas a dejarme –le rogó él–. Dime que te vas a quedar, que me vas a amar. Dime que vas a permitir que sea parte de tu vida, *cara*.

–Te quiero, Leandro. Te quiero tanto –admitió ella–. Si hubieses utilizado eso contra mí, te habría matado.

–Shhh, *mia cara*. Son todo mentiras y tú lo sabes. El único que no os merece, a Izzie y a ti, y al futuro bebé, soy yo.

Se sentó en el suelo y sentó a Alexis en su regazo.

–Lo odio –dijo ella–. Lo odio por haberte metido esas ideas en la cabeza. No lo perdonaré jamás.

–Es viejo y testarudo. ¿Y sabes lo que veo cuando lo miro, Alexis? Me veo a mí si no te hubiese encontrado.

–Tú eres generoso, bueno y honrado, Leandro –lo reconfortó ella–. Eres el hombre al que amo y jamás serás como él. Nunca podrías hacerle daño a alguien a quien quieres.

Él bajó la vista.

–Ya le he hecho daño a Luca. Luca me odia. Y Tina... toda su felicidad depende de que yo haya hecho una buena apuesta.

–Tú le buscaste a Kairos, ¿verdad?

–Sí. No podía arriesgarme a que Antonio le contase que no es una Conti. Así que pensé que si se casaba, si formaba su propia familia, ya no le importaría. Pero Luca piensa que he jugado con su felicidad. Y yo sé que si se entera, jamás me lo perdonará.

–Tu intención ha sido buena. Lo has hecho porque la quieres y algún día lo entenderá, Leandro, porque ella también te quiere a ti. Lo mismo que lo he entendido yo.

Leandro vio confianza y amor en los ojos de Alexis y supo que jamás volvería a estar solo. Que ya no tendría que cargar él con el peso de todo. Que Alexis lo protegería lo mismo que él a ella.

La profundidad de su amor hizo que se sintiese fuerte. Le dio un beso en los labios.

–Prométeme que pasarás el resto de tus días conmigo –le pidió.

Y Alex aceptó con un beso.

Epílogo

Diez años después

Leandro se quedó apoyado en la pared, a la entrada de la pequeña librería, mientras fuera llovía y hacía frío en Seattle. Era noviembre.

Sonrió cuando ella llegó a la parte en la que la ardilla mágica llegaba a la oscura cueva y tenía que entrar.

La oyó modular la voz para emular la del feroz tigre y los gritos de la ardilla mientras el grupo de niños que la rodeaba la escuchaban con atención. Unos sonreían porque ya sabían cómo seguía el cuento, otros temblaban de miedo porque era la primera vez que oían la historia.

Violetta, de diez años, y Chiara, de seis, miraban a Alexis con los ojos y las bocas abiertas, incapaces de creer que su madre pudiese ser una animadora tan extraordinaria y la autora de aquellas historias mágicas.

Leandro había tardado dieciocho largos meses en conseguir que Alexis le enseñase sus historias y compartiese con él aquel pedacito de su corazón.

Se había convertido en una autora de gran éxito, aunque para las niñas era solo su mamá.

Y para Isabella, que tenía dieciséis años, era una mamá demasiado estricta.

Leandro pensó en su hija más rebelde y se giró hacia el pasillo en el que estaba esta charlando con un chico.

Sonrió de oreja a oreja. Quería a sus tres hijas de manera deferente, pero por igual.

Pensó en el disgusto que se había llevado su abuelo con la llegada de Chiara.

Que el único heredero varón de los Conti fuese hijo de Luca era algo que su abuelo todavía no había podido digerir.

Los aplausos lo sacaron de sus pensamientos. Vio levantarse a Alex y firmar pacientemente algunos libros.

Violetta corrió hacia donde estaba Izzie y Chiara la siguió mientras Alex iba hacia él.

En cuanto llegó a su lado, Leandro le dio un apasionado beso.

—Eh, que estamos en una biblioteca. Rodeados de niños. ¿Recuerdas?

Llevaban tres meses de gira con Alexis presentando su libro, tres meses en los que todas las noches alguna niña iba a dormir a su habitación.

—No he podido evitarlo, *cara mia*. En cuanto lleguemos al hotel va a ser un infierno.

—Eras tú el que quería muchos hijos, ¿no?

—Sí, pero que fuesen santos, como yo. Se parecen las tres a ti...

En esa ocasión fue ella la que le dio el beso.

—¿Por qué no me llevas a casa, Leandro? A nuestra cama grande y a nuestra privacidad —le sugirió ella–. Podríamos dejarlas con su tía y marcharnos de luna miel otra vez. Eso es, si te apetece.

–Siempre me apeteces tú –le dijo él.

–Te quiero, Leandro.

Alexis no iba a permitir que su marido olvidase que, pasase lo que pasase, lo quería.

–*Ti amo*, Alexis –susurró él, sintiendo que se le henchía el corazón.

* * *

Podrás conocer la historia de Luca Conti en el segundo libro de *El santo y el pecador* del próximo mes titulado:

SOLO POR DESEO

Bianca

¡Se vio obligado a recurrir a la sensualidad con el fin de vencer la resistencia de su prometida!

El rey Reza, prometido con la princesa Magdalena desde la infancia, por fin había abandonado la búsqueda de su prometida. Pero la sorprendente aparición de una fotografía de la elusiva princesa avivó una vez más la leyenda que había cautivado a su nación… Y a Reza no le quedó más remedio que reiniciar la búsqueda y exigir el derecho a su reina.

Para Maggie, camarera de profesión, la historia de su familia era un misterio. Y aunque, con frecuencia, había soñado con su príncipe azul, nunca le había imaginado tan extraordinariamente guapo como Reza. Pero su naturaleza independiente no le permitía aceptar lo que era un derecho de nacimiento a menos que se cumplieran ciertas condiciones.

NOVIA POR REAL DECRETO

CAITLIN CREWS

Acepte 2 de nuestras mejores novelas de amor GRATIS

¡Y reciba un regalo sorpresa!

Oferta especial de tiempo limitado

Rellene el cupón y envíelo a
Harlequin Reader Service®
3010 Walden Ave.
P.O. Box 1867
Buffalo, N.Y. 14240-1867

¡Sí! Por favor, envíenme 2 novelas de amor de Harlequin (1 Bianca® y 1 Deseo®) gratis, más el regalo sorpresa. Luego remítanme 4 novelas nuevas todos los meses, las cuales recibiré mucho antes de que aparezcan en librerías, y factúrenme al bajo precio de $3,24 cada una, más $0,25 por envío e impuesto de ventas, si corresponde*. Este es el precio total, y es un ahorro de casi el 20% sobre el precio de portada. ¡Una oferta excelente! Entiendo que el hecho de aceptar estos libros y el regalo no me obliga en forma alguna a la compra de libros adicionales. Y también que puedo devolver cualquier envío y cancelar en cualquier momento. Aún si decido no comprar ningún otro libro de Harlequin, los 2 libros gratis y el regalo sorpresa son míos para siempre.

416 LBN DU7N

Nombre y apellido	(Por favor, letra de molde)
Dirección	Apartamento No.
Ciudad	Estado Zona postal

Esta oferta se limita a un pedido por hogar y no está disponible para los subscriptores actuales de Deseo® y Bianca®.
*Los términos y precios quedan sujetos a cambios sin aviso previo.
Impuestos de ventas aplican en N.Y.

SPN-03   ©2003 Harlequin Enterprises Limited

Olvida mi pasado
Sarah M. Anderson

Matthew Beaumont no quería que los escándalos arruinaran la boda de su hermano, pero Escándalo era el segundo nombre de Whitney Maddox. Había permitido que la extravagante actriz y cantante asistiera a la boda con la condición de que se comportara. Pero había acabado siendo él el que no había sabido guardar las formas con la irresistible dama de honor.

Decidida a enterrar su pasado, Whitney hacía años que llevaba una vida tranquila. Sin embargo ,después de acabar en los fuertes brazos de Matthew por culpa de un tropiezo, no había podido dejar de imaginar una no-che de pasión con el padrino.

El padrino podía ser el regalo perfecto,
un regalo que podía ser para siempre

Bianca

Su objetivo: atraer, seducir, rechazar.

Diez años antes, cuando su padre fue detenido por fraude, Letty Spencer se convirtió en la mujer más odiada de Manhattan y se vio obligada a alejarse del único hombre al que había querido. Pero Darius Kyrillos ya no era el chico pobre al que conoció, el hijo de un chófer, y había vuelto para reclamarla como suya.

En lugar de saciar su sed de venganza, Darius estaba consumido de deseo desde que volvió a probar los labios de Letty, pero nunca hubiera podido imaginar las consecuencias de sus actos. Iba a ser padre y Letty volvía a rechazarlo. Pero él no estaba dispuesto a permitírselo.

FRUTO DE LA VENGANZA

JENNIE LUCAS